법광 스님의 선방 이야기

개정증보판

선객

禪客

선객

지은이 | 법광 스님

펴낸이 | 최병식

펴낸날 | 2016년 9월 9일

펴낸곳 | 주류성출판사

주소 | 서울특별시 서초구 강남대로 435, 주류성빌딩 15층

전화 | 02-3481-1024(대표전화)   팩스 | 02-3482-0656

홈페이지 | www.juluesung.co.kr

값 13,000원

ISBN 978-89-6246-290-6 03810

법광 스님의 선방 이야기

개정증보판

선객

禪客

주류성

차례

국수 만들 줄 알면
수제비는 문제없다
89

| 4부 |

걸망을 흔드는
오래된 바람

233

머리말

출가한 지 어느덧 강산이 세 번 변했다. 이쯤 되면 웬만큼 정진력을 바탕으로 무엇인가를 이루었다는 것을 피력해야 자존감이 서는 일이겠다. 허나 아쉬움이 적지 않지만 나름 그간의 과정을 글로써 정리하고 싶었다. 승가의 아름다운 전통과 관습을 통해 정진의 생활상과 함께, 참선 또한 신비가 아닌 일상 속에서 이루어진다는 것도.

내용 중에 내 개인의 허물을 드러낸 일화들이 있다. 출가 초반에 정진에 대한 열정만큼이나 객기를 발동한 것이 못내 마음의 짐이 되어 참회하는 심정에서였다. 바닷물에는 온갖 강물의 이름이 소멸되듯 그렇게 포용될 수 있었던 당시의 정진 분위기가 마냥 그립다.

2010년에 졸고를 모아 『선객』을 펴낸 이후에 썼던 글들을 더하여 재차 책을 발행하게 되었다. 독자의 넓은 이해를 구하는 바이다.

출가해서 바래임이 있었다. 20년쯤 정진하고는 자유인이 되어
주유천하하는 것이었고, 어느 때가 되어서는 수구초심首丘初心으
로 다 내려놓고 지내는 것이었다. 마침 고향 가까운 새 도량에서
백일을 정진하며 드는 생각에 지금이 그 때인 듯하다.

　지인들과 정다운 대화를 나누며
　책을 벗 삼아 원고를 정리하고
　더 이상 헐떡이는 일 없이
　천명天命을 즐김에 무엇을 더 바랄손가!

　　　　　　　　　　운주산 고산사에서 법광 쓰다

1부

한 생각에 살고
한 생각에 죽는다

'감내'를 화두로
어려움 이기자

결사 結社

결연缺然(모자라 서운함)한 상황일 때 새로운 도약을 위해 정진 모임을 갖는 것을 결사라 한다. 그것이 단체든 개인이든 간에 굳은 의지로 일정 기간 실행한다면 결사로 명명해 왔다. 특히 선원에서는 일정 기간 산문 출입을 하지 않고 가행정진(하루에 14시간에서 18시간 정진)이나 용맹정진(하루에 18시간 이상 정진)을 하면 결사라 한다.

사회에서도 단호한 결심으로 일을 도모하면 왕왕 결사란 말을 하는데 요즘 국회에서 '결사항전'이란 말이 나오는 것을 보면, 결사란 정녕 결연한 모습인 것이 분명하다. 과거 역사적 기록들을 찾아보면 결사의 효시라 할 수 있는 신라시대의 만일회萬日會는 31명의 스님과 동참한 신도들이 1만일 동안 염불하여 기도 성취를 했고, 고려 때 지눌 스님은 시대적 혼란과 수행의 혼돈을 바로 세우고자 정혜결사定慧結社를 했다. 근래에는 천축사와 기림사 무문관의 결사가 있었으며, 성철 스님의 그것은 개인적 결사의 대표적인 예라 할 수 있겠다.

1993년 겨울이었다. 지리산 반야봉 근처에 있는 조그만 암자에서 4명이 동안거 용맹정진에 들어갔다. 일종의 결사였다. 결사에 앞서 신심 있는 거사(당시 '산사나이')와 함께 노고단에서 반야봉까지 꼬박 보름 동안 한 철을 나기에 필요한 용품을 등짐으로 날랐다. 아침에 나오는데 4시간, 등짐 지고 오르는데 6시간, 그렇게 하루 10시간을 옮겼다. 5톤 짐차로 가득한 책도 문제였다. 디지털 세상에 구태한 모습 같아 자못 씁쓸하기도 했다. 돌이켜 보니 문득 그때의 열정으로 지금껏 살아온 것은 아닐까 하는 생각이 잠시 든다.

선배스님들은 흔히 출가해서 5년간은 자신감으로 충만하여 별반 거칠 것이 없다가 10년이 지나고 나면 어딘가 조심스러워진다고 하였다. 당시 출가한 지 10년 가까이 되었던 나는 선배스님들의 말을 실감하고 있었다. 해서 그해 늦봄 어느 날, 나는 걸망 하나 등에 메고 5개월여 강의하던 법주사 강원講院을 등진 채 홀연히 만행길에 올랐다. 겁이 났던 것이었다. 출가해서 강산이 한 번 변했는데 이렇다 할 확신보다 엄습해 오는 불안감이 컸다. 새삼 생겨난 "도道란 무엇인가?"하는 의문이 종일 머릿속을 떠나지 않았다. 갑작스레 강주講主(경스승, 경문의 뜻을 풀어 가르치는 법사) 소임을 놓아버린 데다 안거 중이었던지라, 부딪힌 현실이 그대로 화두가 되었다. 하지만 그때는 그저 거처를 옮겨야 한다는 생각뿐이었다. 홀로 취사하는 일에는 금방 익숙해졌다. 맞닥뜨린 일이기에……. 그래서 결과가 어땠냐고? 세상사 여전히 정답은 없으나 그때의 의문이 지금에 와서는 "삶이란 무엇인가?"로 바뀌었다.

요즘 같아서는 밖에 있는 이들을 생각하면 이곳 생활이 너무나 호사스러운 삶 같이 느껴져 몸 둘 바를 모르겠다. 내게 주어진 소임을 다 한다는 생각으로 그리고 안팎으로 어려운 시기에 다 같이 결사하자는 마음으로, 글을 시작하며 하나의 확실한 화두를 제시하고자 한다. 감내勘耐. 처해진 현실 속에서 주어진 어려움을 감수하며, 극한에 있어서도 인내한다는 것이다.

'감내堪耐'다.

처해진 현실 속에서 이것을 감수하고,

극한에 있어서도 인내한다는 것이다.

하늘과 땅을
꿰뚫어라

2

용맹정진 勇猛精進

이것도 직업병(?)이라면 직업병일까. 용맹정진이라 하면
일반적으로 전쟁터나 수험생의 이미지가 떠오를지 모르나,
나로서는 번뜩 연상되는 것이 늅지 않는 것이다. 정진과정에
서 더욱 박차를 가할 때, 또 공부가 성숙해져서(得力) 자연스
레 용맹정진이 되는 경우가 있는데, 한편으로는 그것을 수행
의 한 방편으로 삼아 일생을 그렇게 지내는 이들도 있다.

부처님 성도 후 고향에서 감화를 받아 출가한 사촌아우 아
나율은 훗날 10대제자 중 천안제일天眼第一로 통한다. 애초
잠이 많았던 그는 부처님 설법 중에도 자주 졸았다고 한다.
해서 부처님께 축생과 같다는 꾸지람을 듣자, 그는 더 이상

18

잠들지 않겠다는 의지로 서원을 세우고 7일 동안 뜬눈으로 용맹정진하다 눈병에 걸려 급기야 실명을 했다. 그러나 정진이 무르익을수록 심안心眼이 열려 마침내 천상과 지하의 육도 중생을 꿰뚫어 보는 천안통天眼通을 얻었다.

선가禪家의 4조 도신 스님은 수십 년을 눕지 않고 정진했으며 근래에 입적한 청화 스님은 일종식(하루에 한 때 공양)으로 40여 년을 한 결 같이 장좌불와長坐不臥 정진했다. 그러한 수행이 하나의 방편인 동시에 법력과 비례한다고도 할 수 있겠다.

해인사는 일찍이 선원에 방부하기에 앞서 '각서'부터 받는 전통이 있어왔다. 결제 중간에, 7일간 용맹정진 동참은 물론 청규를 준수하겠다는 다짐부터 먼저 한다. 7일간의 철저한 용맹정진으로 득력得力할 수 있다는 성철 스님의 뜻을 받든 것이다. 그런 어려운 정진인데도 감수하겠다는 납자들이 몰려들어 방부房付 받기가 여간 힘들지 않았다.

그곳에서 1991년 동안거와 1993년 하안거를 성만했는데 그때마다 방부 순위가 두 번 다 후보군에 끼어 가까스로 입방入房했다. 얼마나 힘들었던지 방부한 날 일성으로 "줄 서고 빽 쓰고 싶지 않아 출가했는데 이곳은 더합니다!"하고 공성 섞인 말을 던지니 좌중이 웃음바다가 되었다.

용맹정진에 앞서 준비하는 일이 많다. 먼저 동참하는 대중을 점검한다. 사전에 각서로 다짐했듯이 병원에 입원하는 일이 아니고는 정진에 예외란 없다. 후원이 가장 분주하다. 일단 정진에 참석한 대중은 정진시간 중 20분 이상 자리를 비울 경우 바로 좌복을 들어내기에(퇴방), 일손이 부족하다하여 지원 나올 수가 없다. 그러니 시작 전에 철저히 대비해야 한다. 그리고 한밤(밤 11시 반부터 자정 사이)의 야참 준비(죽 공양)는 쉬운 일이 아니라 후원 역시 대중들과 함께 뜬눈으로 밤을 지새우기도 한다.

　지난 1991년 해인사 동안거 때였다. 나로서는 통도사 강원에서 꼬박 5년을 공부한 뒤 선원에서 처음 맞이하는 용맹정진이라 설렘 반 두려움 반의 몹시 긴장된 마음으로 임했다. 선원뿐 아니라 강원, 율원 어른스님들까지 동참한 자리였다. 행여나 흩어진 모습을 보인다면 무시무시한 '할!' 을 들어야할지도 몰랐다. 전 대중이 한 결 같이 비장한 각오로 용맹정진에 임했다. 시작부터 정적 이상의 그 무언가가 사위를 맴돌고 있었다. 그야말로 용맹정진이었다.

온 사중이 바쁘다

<u>3</u>

정월 正月

정월이 임박하면 선원뿐 아니라 온 사중寺中이 바쁘다. 한 해를 마무리하는 그믐이 되면 움직일 수 있는 이는 예외 없이 참석하는 울력으로 모든 대중이 명절에 사용할 떡을 빚는다. 대개 송편을 만드는데, 각지에서 모인 스님들이므로 팔도八道의 특색을 한 눈에 만날 수 있는 좋은 기회다.

법法에는 팔도八道의 구분이 없지만 풍습은 별개라고 한다면, 생뚱맞은 것일까? 아무튼 그 자리만큼은 어른스님의 법담보다도 재담才談 있는 스님이 돋보이는 날이다.

어느 때인가 구참스님(선배스님)이 들려준 일화가 떠오른다. 예전에 해인사 해우소, 통도사 가마솥, 유점사 큰방(절에서 여러 스님들이 함께 거처하며 식사하는 방)이 유명했다고 한다. 그곳에 살던 스님들이 서로 궁금하여 만행길에 올랐다가 한성 (서울)의 한 사찰에서 만났단다. 그리고는 단숨에 의기투합이라도 한 듯 쉴 새 없이 각자의 도량을 자랑하기 시작했단다.

먼저 해인사에서 온 스님이 말문을 열었다.

"우리는 해우소가 얼마나 깊은 지 1년 전에 볼 일을 보고 아직도 바닥에 떨어진 소리를 듣지 못했습니다."

뒤질세라 통도사에서 온 스님이 말했다.

"저희는 지난해 동지 때 팥죽을 젓기 위해 나룻배를 타고 가마솥에 들어가 수평선 너머로 간 스님이 아직 돌아오지 않았습니다."

마지막 유점사 스님 왈,

"지난해 큰방에서 정진하던 스님이 지평선 너머로 갔는데 아직도 돌아오지 않았습니다."

이야기를 들으며 너무 황당하여 실소失笑했지만, 한편으로는 납자다운 기상奇想이라는 생각도 들었다. 그래서 납자의 '뻥'은 알아줘야 한다는 말이 있는가 보다.

뭐니 뭐니 해도 정월의 백미는 그믐날 펼치는 윷놀이다. 지금까지 제방 선원과 대중처소大衆處所(많은 승려가 모여 수행하는 절)에서 지내며 그믐날마다 윷을 깎아 왔는데 그러다 보니

지금도 으레 윷 준비는 내 차지다. 자고로 윷은 밤나무로 만들어 왔다. 그래야 무게감이 있고 말라도 단단함을 유지하기 때문이다. 고향에서 본 기억을 더듬어 만들었는데 어느덧 '법광표(?)' 명품이 되어 버렸다. 하나하나가 동그스름해서 던지고 나면 바로 착지해 멈추는 일이 없다. 윷이 구르는 동안 긴장하는 모습을 지켜보는 재미 또한 쏠쏠하다.

윷놀이 하는 날, 상품은 참석한 대중이면 모두 돌아갈 수 있도록 푸짐하게 준비하는데 대체로 자발적인 보시로 마련한다. 사중에 있는 어른스님이나 다른 처소의 명성 있는 스님들까지 글씨나 그림을 때맞춰 보내오고, 주위에 '요'를 굽거나 '차'를 하는 곳에서는 다구와 각종 차를 보시한다. 사중에선 보시금까지 내놓는다.

처음엔 재미로 시작하지만 시간이 지날수록 열기는 뜨거워진다. 그러다 보면 어지간히 애매할 땐 '억지 아닌 억지'를 써가며 우기는 일도 생긴다. 그런 상황에 대비해 심판 역할을 담당하는 '판관'을 미리 정해놓기도 한다.

지난 2000년 순천 송광사에 동안거 방부를 들었을 때는 졸지에 내가 그 소임을 맡았다. 속성을 따서 '이李판관'이 되었다. 생길지도 모를 분란을 예방하기 위해 본디 상판에서 나오는 소임이었단다. 그런데도 평소 칼칼해 보이는 성미 때문에 중판(중간) 승랍(승려가 된 햇수)에서 '발탁'된 것이다. 선배스님들이 드문 일이라 했다.

윷가락이 동그스름하다 보니 판단을 요청할 땐 이미 양쪽이 팽팽히 맞서있는 상황이었다. 자칫 잘못하면 한쪽을 편드는 것 같을까봐 확실한 경우가 아니면 문제의 윷가락을 직접 던져 주었다. 이의가 없었다. 명판관이었단다.

흔히 '모 아니면 도'란 말은 한 건 크게 되지 않을 바엔 별 관심 없다는 의미가 있는 것 같다. 이번 정월엔 '도 아니면 걸' 정도의 바람으로 윷가락을 던지면 어떨까 싶다. 느려도 황소걸음이라는 말처럼 소띠 해에 맞춰 어렵고 힘들수록 차분히 출발했으면 해서다.

25

각 처소별로 열리는
작은 법회

<u>4</u>

소참법문 小參法門

'안거安居'란 출가한 승려가 일정한 기간 동안 외출하지 않고 한곳에 머무르면서 수행하는 것을 말한다. '결제結制'란 안거 제도를 준수하는 것, 곧 안거를 시작함을 의미하며 '반 철'은 석 달 중에 한 달 반이 지난 시기를, '해제解制'란 안거가 끝남을 의미한다.

고로 결제 기간에는 공식적인 법문이 세 번 있다. 첫 날의 결제 법문과 반철 법문, 그리고 해제 법문이다. 1990년대 초까지만 해도 납자들이 참석한 법회에는 늘 긴장감이 돌았다. 돌발적인 일이라기보다는 순간적인 '법거량法擧量(스승에게 깨침을 점검 받는 것)'으로 느닷없이 법상에서 법문하는 스님의 좌복을 뒤집으면서 "법문하는 주인공이 누구십니까?", "좌복을 뒤집은 주인공은 누군고?"하는 일이 있었던 것이다. 그 뒤로 어른스님의 법문 때마다 몇몇 상좌스님(上座, 절의 주지住持, 법랍法臘이 많고 덕이 높은 강사講師, 선사禪師, 원로元老 등의 어른스님)들이 '보초 아닌 보초'를 서게 되었다.

평소 가까이 지내는 스님 중에 '만수무강'이란 별호를 가진 스님이 있다. 1988년부터 1990년대 초까지 봉암사 선원에서 내리 4년여 정진하고는 당시 서암 조실스님(祖室, 참선을 지도하는 직책을 맡고 있는 스님)의 해제 법문 말미에 "만수무강 하십시오!"라고 하여 만수무강 스님이 되었다. 친분이 있어도 일종의 거량인 듯싶어 조심스레 물었더니 노스님의 법문에 환희심이 나 오래오래 사셨으면 하는 마음에 그랬단다. 그러한 정서가 1990년대 중반부터는 좀처럼 찾아볼 수 없어 못내 아쉽다.

선원에서 결제 법문 못지않게 중요하게 여기는 법문이 소참 법문이다. 소참小參이라고 하면 참석한 대중이 적다는 뜻이다. 그런 만큼 각 처소별로(강원, 선원, 율원, 종무소, 후원), 또는 때에 따라 자연스런 분위기에서 열리는 작은 법회인 셈이다. 특히 선원에서 하는 소참 법문은 반 철이 지나 요즘처럼 정초 자유정진 기간, 혹은 달리 시간을 따로 정해 참선 경험이 많은 어른스님을 모시고 참구하는 방법과 경험담을 듣는다. 순수 납자를 위한 법문이면서도 법상에서 듣기 힘든 진솔한 내용을 들을 수 있는 좋은 기회다.

1990년대 초, 해인사에서 들었던 혜암 노스님의 소참 법문은 스님의 청아한 자태에서 나오는 말씀이 그대로 가슴에 와 닿았다. 바로 앞선 철에는 직접 용맹정진(1주일)에 동참하여 경책을 하셨단다. 정진 도중 4,5일이 지나 어간(상석)에서 한 스님이 손을 들어 냅다 방바닥을 내리치며 "가야산 계곡에……." 하기에, 노스님이 "얘! 아직 할 때 아니다."라고 한마디 하셨더니 즉시 파했단다. 생각만 해도 가슴이 설레는 이야기다.

반면 자칫 납자를 제접提接(스승이 학승(學僧)을 맞아 문답을 통해 가르치고 지도함을 말함)하다 예상하지 못한 일이 생기곤 했다. 어느 노스님은 납자 서너 명이 큰 돌을 무릎에 얹어 놓으며 '일러 달라'고 한 일이 있은 후로 불편한 다리로 여생을 지내셨다 한다. 그러기에 법은 의도적으로 드러낼 것이 아니라, 법력德化이 모든 이에게 자연스럽게 미칠 때 순조로우리라. 그런 의미에서 평상심시도平常心是道, 즉 깨달음을 체험한 선사의 보편적인 도는 일상생활의 심신을 통해 고스란히 드러나야 한다는 깨우침이 있는가 보다.

노스님은 노구에도 말씀이 어찌나 카랑카랑 하시던지, 정진력의 힘이란 바로 저런 모습이다 싶었다. 당시 노스님은 주석駐錫(승려가 포교하기 위하여 어떤 지역에 한동안 머무름)하는 암자에서 재가 불자들에게 참선 지도를 하셨는데, 특히 용맹정진을 할 때면 늘 동참하셨다 한다. 한번은 용맹정진 며칠이 지나 어떤 재가자가 사경을 헤매는 것처럼 보였단다. 주위의 걱정에도 노스님은 의연하게 그저 놓아두라 하셨는데, 얼마 지나지 않아 거짓말처럼 소생하듯 정신을 차렸다고 한다. 체험에서 온 확신이 있었기에 그런 지도가 가능했으리라. 당시 대중들은 처절하리만큼 수행한 노스님의 경험담에 그대로 이입移入되어 모두가 숙연한 분위기였다.

말미에 온 기력을 다하듯 하신 말씀은 지금도 기억에 생생하다.

"파거불행破車不行이요, 노인불수老人不修라. 부서진 수레는 나아갈 수 없고, 늙어서 정진하기란 더욱 어렵습니다!"

초발심시변정각

5
첫 철

초발심시변정각初發心時便正覺. 『화엄경』에 나오는 구절로 처음에 마음을 올바르게 일으키면 바로 깨달음(正覺)을 성취하게 된다는 뜻이다. 『화엄경』에서는 재차 초발심공덕품初發心功德品이라 하여 따로 설하면서 처음에 깨닫고자하는 마음을 제대로 일으키면 무한한 공덕이 있다고 강조한다. 더욱이 선가禪家에서도 일초직입여래지一超直入如來地라 하여 단박에 깨달음의 경지에 든다고 하는데, 그만큼 초심은 거의 절대적이라 할 수 있다.

때문에 처음 출가한 이는 수행의 지침서격인 「초발심자경문初發心自警文」을 가장 먼저 접한다. 이 책을 달달 외우다 보

면 원효, 보조, 야운 스님의 경책을 직접 대하는 것 같이 가슴에 고스란히 와 닿는 느낌을 받는다. 그 느낌은 신심 그 이상의 감화로 연결되어, 평생을 곁에 두고 간간이 독송하는가 하면 일상 도량석 때 염송하기도 한다.

선원에서도 첫걸음 할 때의 초심은 매우 중요하다. 1991년 겨울, 해인사 선원에서 '첫 철'을 성만했다. 선배스님들로부터 첫 철을 어떻게 정진하느냐에 따라 어쩌면 납자 생활 전반이 좌우될 수도 있을 것이라고 누누이 들었기에, 나는 옹골차게 마음먹고 정진에 들어갔다. 당시 그곳은 밤 10시에 취침해서 새벽 2시에 기상해 매일 12시간에서 14시간을 정진에 임했다. 몇 철의 경험 없이 접하기엔 버거운 곳이라는 주위의 만류도 있었다.

정말 그랬다. 밤 10시, 정신이 말똥말똥하니 내내 정진하다 갑자기 잠이 올 리 없었다. 더욱 신기한 것은 이불과 요가 따로 주어지지 않고 달랑 이불 하나로 반을 접어 한쪽은 요, 다른 쪽은 이불로 삼아야 하는 것이었다. 여러 날 반복해서 잠을 설치다 보니 눈은 충혈 되고 사물이 두 겹으로 보이는가 하면 머리에 열까지 있어, 시쳇말로 뚜껑(?) 열릴 지경이 되었다. 다행히 선원에 방부를 들이기 전, 당시 영축총림 방장 월하 스님과 2시간여 독대를 했는데 그때 화두를 주시고 주의, 당부하는 말씀을 해 주셔서 그것을 믿으며 꿋꿋하게 견뎠다.

달포 쯤(반 결제) 지나니 서서히 열이 내렸고 충혈도 사라졌으며 사물이 정상으로 보였다. 그 철을 정진하고 난 후 신체에도 변화가 있었다. 불균형했던 시력이 양쪽 눈 모두 1.2로 교정되어 몇 시간을 안경 없이 책을 볼 수 있게 되었다. 다리 또한 여러 차례 접질려 이완됐던 근육으로 30분 이상 앉아 있기가 불편했었는데 말끔해졌으며, 특히 곡차(?)가 누적되어 안개 낀 듯했던 머리가 산뜻해졌다. 내게 곡차에 관한 일이라면 기막힐 정도로 아슬아슬한 정황이 많았기에 돌이켜 참회할 일이 많다. 그간 정으로 넘겨준 대중들이 고마울 따름이다.

역대 해인사에는 기상 있게 공부하는 스님들이 많은가 하면 간혹 객기를 부리는 스님들도 많았다 하는데, 그 철에 해제를 하루 앞두고 어간의 한 스님이 탄식하듯 "20년을 넘게 해인사에 살면서 아무도 '허덕교'를 넘지 않은 적은 이번이 처음입니다!"라고 하였다.

단 한 명도 객기를 부린 스님이 없었다는 의미였다.

해인사의 '허덕교'에는 상징적인 의미가 있다. 일찍이 그곳에 허덕사가 있었기에 그렇게 명명했다는 설도 있지만, 대중들의 깊은 정서가 묻어 그런 이름을 갖게 되었다는 설에 마음이 간다. 그곳에 다다르면 '헐떡' 숨을 몰아쉬었다는 것이다. 마을을 막 벗어나 사찰로 들어서는 순간에 느껴지는 묘한 안도감 때문이었단다. 다른 설도 있다. 그간에 혹간 객기 있는 스님이 밤 10시에 방선 죽비(취침 죽비)를 치면 마을에 내려가 한 잔 하고 새벽 2시 이전까지 맞춰 오르다가 그곳을 지날 때 몰아쉬고 뱉은 숨으로 지어진 이름이라는 설인데 믿어도 될지 모르겠다.

아무튼 그때까지의 정서는(1990년대 초) 얼마간 객기를 부려도, 대중을 고뇌에 빠지게 하지 않는 범위 내에서 입선 죽비에 맞춰 정진하면 묵시적으로 이해해 주는 정이 있었다. 지금에 와서 그때의 일들을 '순수한 열정'에서 오는 '모나지 않는 파격'이었다고 한다면 지나친 합리화일까?

6
해제

그렇다. 해방된 기분이다.

수행자 특히 납자에게 웬 감상적인 표현일까 싶어도 그러한 느낌이 크면 클수록 정진에 대한 열의가 더욱 강해지기도 한다. 예전 스님들은 해제 뒤 막상 나갈 일이 없는데도 빈 걸망을 지고 산문까지 나갔다가 돌아오곤 했다. 다시 시작하는 기분으로 마음을 다잡기 위해서였을 테다.

구순(90일) 기간 동안 옥죄듯 긴장한 마음이 일순간 '팍' 터져 그대로 화두로 이어지면 선열禪悅(선정禪定에 들어 느끼는 기쁨)을 느낄 수 있다. 그렇지 않더라도 해제를 하면, 정진에 대한 참 의미를 순간이라도 맛볼 수 있다.

36

날짜로 치면 그리 오랜 시간이 아니라 해도 긴장의 연속을 생각해 보면 짧은 시간이 아니다. 옛날 어떤 스님은 안거 중에 저녁이면 두 다리를 펴고 엉엉 울었단다. 그날 다해 마치지 못한 것에 대한 서운한 마음을 그렇게 표현했다고 하니 얼마나 간절한 마음이었으면 그랬을까 싶다.

해제 3일전 새벽 정진을 마치고 나면 입승스님(立繩, 절에서 기강紀綱을 맡은 소임)의 "오늘부터 죽비를 놓겠습니다!"라는 일성이 떨어진다. 대부분의 선원에서는 일성이 떨어지기 무섭게 깔고 있던 방석 피를 벗기면서 해제 채비에 들어간다.

이어 이불 피와 그간 공동(대중적)으로 사용한 천들을 큰 욕조에 몽땅 몰아넣고 밟는 일명 '대중 빨래'를 하는데 몇몇 힘센 납자들이 밟고 나면 헹구고, 나르고, 탈수하고, 빨랫줄에 널기까지, 누가 정해주지 않아도 척척 진행된다. 그간의 묵은 때를 말끔히 씻어내니 신명난 모습들이 마치 잔치 분위기다.

전에 들은 울력에 관한 재미있는 일화가 생각난다. 예전에 풀 베는 울력으로 대중들이 호미와 낫을 준비하는 동안, 한 스님이 물이 가득 담긴 세숫대야와 삭도(머리 깎는 칼)를 준비했단다. 그리고는 무명초를 깎겠다며 머리를 내밀었다 한다.

37

그렇다. 해방된 기분이다.

그러한 느낌이 크면 클수록 정진에 대한

열의를 더욱 새롭게 하는 계기가 되기노 한다.

사찰의 울력은 한 결 같이 정진의 일환이기에 "이마에 땀이 나면 3대가 빌어먹는다."는 말이 전해온다. 그만큼 힘쓰는데 열중하기보다는 흩어짐 없이 수행삼아 해야 한다는 것이다. 사찰에도 크고 작은 일거리들이 많다. 하지만 생각해 보면 누구 하나 일에 대해 낱낱이 일러주는 이는 거의 없다. 말없는 가운데 그저 '눈치껏' 스스로 찾아 하는 것인데 절로 이루어지는 것이 태반이다. 해서 '절'이라 하는지 모르겠다.

저녁이면 다시 큰방에 모여 낮에 말린 세탁물을 공동으로 정리하는데, 그날의 압권이라 할 소임이 있다. 바로 바늘 담당이다. 행여 착오가 있으면 처음부터 되짚어야 하는 번거로움이 있기에, 반드시 구참스님이 철저히 관리한다. 먼저 정확한 숫자를 세고 나서 바늘을 가져가는 스님마다 다시 한번 확인한 연후에 이불을 홀치게 된다. 단연 바느질 잘하는 스님이 인기다.

한 번은 한 철 내내 틈만 나면 바느질을 해서 누비를 만든 스님이 있었는데, 더불어 함께한 대중도 덕분에 손수 지은 누비를 입을 수 있었다. 스님은 일찍이 출가 전에 양복점 직원이었단다. 야무진 솜씨 덕에 몇 가지 홀치는 방법을 익혀 지금도 유용할 때가 있다. 이것이 대중생활의 묘미다. 일상 속에서 다양하고 낯선 일들을 마주할 때면 어디선가 그 일에

능한 스님들이 나타나므로 어지간한 일은 자체적으로 해결이 가능하다.

이렇게 거의 3일 정도 해제 준비를 하면서 다음 철을 대비한다. 어느 때라도 정진할 수 있는 분위기를 만들어 놓는 것이다.

대중처소뿐 아니라 토굴에서도 마찬가지다. 과거에는 해제가 임박하면 다음에 누가 오든 정진할 때 불편하지 않도록 일일이 다 챙겨 놓고 나왔었다고 하는데, 그리 정갈했던 토굴 문화가 사라진 것 같아 아쉽다.

솔직히 이렇게 말하는 나 자신도 토굴 삼아 지내는 이곳을 그렇게 전달할 수 있을지 의문이다. 어쨌든 지금 이 순간, 해제의 기분은 분명하다!

"참 어지간하네요!"

<u>7</u>

산철 결제

　선원에는 통상 동안거, 하안거 결제(본철 결제)만큼이나 중요시하는 산철 결제라는 것이 있다. 안거를 성만하고 곧장 보름 이내에 이루어지는 결제로 봄, 가을 정진 처소의 상황에 따라 별도로 한 달에서 두 달 동안이거나, 강의 형식일 경우엔 일주일에서 삼칠일(21일)이 대부분이다. 특히 근래 문경 대승사의 삼칠일 용맹정진은 대단한 인기다. 극히 제한적으로 몇몇 처소에서 이루어지다보니 방부를 들이는데 본철보다 더 힘든 경우도 있다.

　1990년대 중반까지는 어느 정도 선택적이어서 선원이 그리 붐비지 않았는데, 후반부터는 어느 정도 의무화가 되어 납자들 방부 받기가 여간 힘든 일이 아니다. 게다가, 납자들 간의 소식이란 마치 "동쪽에서 먹은 여물에 서쪽에 있는 소가 배부르다."는 화두만큼이나 빠르다. 혹간 본철에 객기를 부리거나 태만하게 정진했다가는 산철 방부를 접어야 한다.

이래저래 경쟁사회다. 지난 2004년 봄이었다. 당시 보은 법주사 강원에서 내리 3년간 강사를 지내고 걸망을 졌다. 불과 6개월 전 양산 통도사에서 번듯하게 전강식傳講式(선승들이 전법을 통해 제자의 깨달음을 인가하고 법맥을 잇게 하는 것처럼 경전 공부를 수행 방편으로 삼는 학승들이 제자에게 강맥을 잇게 하는 것)까지 치른 탓에 웬 선원이냐는 적잖은 핀잔도 들었지만, 재충전해야겠다는 열망이 강했다. 어쩌면 그런 충동적인 결정들이 지금까지 안주하지 않고 늘 새로운 마음으로 살게 해준 원동력이 아닌가 싶다. 물론, 그 열의는 지금도 진행형이다.

공교롭게도 1993년 봄, 법주사 강원에서 6개월여 강의하다 어느 날 예고 없이 떠나왔던 곳이 문경 봉암사였는데 이번에도 그곳이었다. 한 달 전에 예고한 것이 다를 뿐이었다. 첫 날부터 빠듯했다. 늘상 하던 참선도 막상 결제 때 하면 보름 동안은 힘들다. 그래서 그 기간에는 납자들 간에도 불문율 같은 것이 있다. 제 아무리 맛있고 먹고 싶은 공양이 눈앞에 있어도 철저히 절제할 것. 행여 과식이라도 하는 날엔 한 철 내 힘들 수 있기 때문이다. 또한 서로 살피지 말 것. 그때 는 누구 할 것 없이 힘들기에 '어렵지 않느냐!'는 빈 인사말 조차 삼가야 한다. 자칫 납자의 자존심(?)을 건드릴 수 있기 에……. 사실 납자의 자존심은 하늘을 찌를 정도다.

출가인으로서, 없으면 옹고집이라도 있어야 이 생활을 지 탱한다는 말이 있는데, 거기에 납자는 더 한다. 아마도 화두 일념의 전이감 때문일까? 드물지만 일상에서 한 번 삐끗하 는 날엔 한 철 화두(?)가 될 수도 있다.

그렇게 내리 걸망 지던 시기에도 처음에는 힘들어 하는데 3년 공백에, 비록 한 달이지만 하루 14시간의 정진은 벅찰 수밖에 없었다. 그해따라 몇 달 전에 공을 차다 오른쪽 무릎 을 다쳐 더욱 힘겨웠다. 행선 죽비에 맞춰 일어설 때마다 발 가락에 온 힘이 쏠렸다. 아팠다. 그러던 어느 날 목욕탕에서 슬며시 엄지발가락을 눌러보니 익을 대로 익은 농이 삐죽이 나왔다. 때마침 지켜본 스님이 "참 어지간하네요!"하면서 독 하다는 말을 곁들였다. 발가락에 쏠린 힘이 그만 발톱을 짓 눌렀던 것인데 그렇게까지 참은 모습이 가당찮아 보였던 모 양이다.

아팠지만 참을 수 있었던 것은, 진지한 정진 분위기에 압도

당했기 때문이었다. 이것이 산철 결제의 모습이다. 본철 결제는 방함록에 올라 경력으로 쌓이지만, 산철은 오직 정진해야겠다는 일념이기에 엄숙하리만큼 순수하고 진지하다.

지금이라도 박차고 일어나 한바탕 산철 결제에 동참하고픈 마음 간절하다. 허나 이렇게 그간의 감회를 끙끙거리며 적는 재미 또한 쏠쏠하다. 다행히 선원에서 같이 정진했던 납자로부터 연락을 받았다. 대승사 삼칠일 용맹정진에 동참한단다. 이참에 큼직한 황소 한 마리 타고 오기를 고대해본다.

큰 꿈에서
깨어나라

<u>8</u>

대몽교 大夢覺

'큰 꿈에서 깨어나라!'라는 말이 곧 대몽교大夢覺다. 자세히는 꿈이 크면 깨어지는 일도 크다는 의미다. 끝의 글자를 '각'으로 읽기보다는 '교', 즉 잠에서 깬다는 '잠깰 교'로 새겨 읽으면 맛이 더하다.

영축총림 통도사 뒷방에 '大夢覺대몽교'라 적힌 편액이 있다. 강원에서 공부하던 어느 날 그 글이 눈에 들어온 뒤로 그 의미를 새기면 새길수록 묘한 여운이 생겼다. 그 방은 단청(목조건물에 무늬나 그림을 그려 장식하는 것)의 거장이라 할 수 있는 혜각 노스님이 거처하셨던 곳이다. 스님께서는 산문까지 2km 남짓 되는 거리를 항상 걸어 다니셨다. 혹 단청 일로 늦어지시면 도량 안까지 차량으로 오실만도 한데 어김없이 산

문부터 걸어서 오셨다.

당시 뵐 때가 아흔 가까운 연세였는데도 걸망 하나 달랑 지고 걷는 모습은, 수행자의 모습이란 바로 저런 것이구나 하는 생각을 하게 했다. 노구에도 흐트러짐 없이 내딛는 걸음이, 단출하면서도 기품 있는 인상이 지금도 생생하다. 편액에 적힌 대로 큰 '꿈'을 안겨준 노스님이시다.

일찍이 통도사에서 꿈을 이룬 노스님이 있다. 구하 스님이시다. 스님께서는 응진전에서 밤낮 가리지 않고 여러 날 지극한 마음으로 기도하셨단다. 그러던 어느 날 꿈속에 나한한 분이 자꾸만 붓을 쥐어 주시더란다. 본디 글 쓰는 재주가 없어 사양했지만, 받는 순간 깨어보니 꿈이 현실이 되었다.

법력에 명필까지 더해진 큰스님이셨다.

2000년 봄, 통도사 선원에 산철 방부를 했다. 그간 그곳에서 강원과 율원을 마쳤는데 막상 입방하려니, 납자들이 많아 본사 출신인데도 어렵게 허락을 받았다. 그 바람에 정진에 대한 열의가 더욱 고조되었다. 그런데 참 이상했다. 평소 꿈꾸는 일이 적어, 혹 꾼다 해도 1년에 몇 번 정도인데 시작하는 날부터 악몽에 시달렸다. 그렇게 3일째 되는 날, 다급한 소식을 받았다. 은사스님의 교통사고 소식이었다. 부랴부랴 걸망도 제대로 챙기지 못한 채 한참을 가는데 난데없이 고향에서 전화가 왔다. 무슨 일 없느냐는 것이었다. 순간 멍했다. 꿈자리가 하도 뒤숭숭해서 연락했단다.

대형 사고였다. 차는 폐차되었다. 이구동성으로 기적 같은 소생이라고 했다. 서울에 있는 굴지의 병원 의사 분들도 그런 읍 단위에서 경험 많은 의사를 만난 것이 천만다행이라고 했다. 그 와중에 신선한 감화가 있었다. 어렵고 힘든 수술에도 초탈한 듯 스님의 인내하시는 모습에 의사 선생님마저 감동하는 모습을 보고 또 다른 수행자의 모습을 보는 듯했다. 간병이란 낯설고 힘겨웠다. 보름쯤 됐을까. 스님께서 한마디 툭 던지셨다.

"너는 보름 동안 간병한 사람 같지 않구나."

그때까지 꼬박 날을 샜는데도 생생하다는 칭찬과 함께 다소 불만 섞인 말씀이셨다.

"그간의 정진력 아니겠습니까."

공연한 납변이었다. 그길로 바로 교체되었다. 그래서 간병 공덕이 크다고 했는가 보다. 서산 스님 선시 중에 '삼몽사三夢詞'라는 것이 있다.

主人夢說客주인몽설객 客夢說主人객몽설주인
今說二夢客금설이몽객 亦是夢中人역시몽중인
주인의 꿈 객이 듣고 객 또한 꿈을 말하니,
지금 두 사람 모두 꿈속의 사람이어라

내 꿈 네 꿈 모두가 꿈이요, 내가 알랴 네가 알랴 꿈속의 일인데. 우리 한바탕 꿈 놀음에 취해 볼거나? 생뚱맞은 덧칠을 했나 보다.

가뜩이나 힘든 판에 산속에서 한가한 꿈 타령이나 하고 있는 듯싶어 멋쩍은 기분이다. 이런 때일수록 멋진 꿈을 꾸어 공유한다면, 바로 희망으로 이어지지 않을까 싶다. 꿈과 희망! 문득 한 구절이 생각난다.

그대. 꿈꾸는가? 새벽을!

납자의 약속을
믿지 말라

<u>9</u>

결의 決意

꼭 지켜야 하는 것이 약속이다. 그러나 납자의 약속을 철석같이 믿었다가는 낭패스런 일이 생길 수 있다. 해제하면 동행해서 어떻게 하겠다고 한 철(석 달) 내내 다짐했다가도 막상 그날이 오면 잊은 듯 줄행랑(?)치기 일쑤다. 의도적으로 그르치려 하는 것은 아니다. 순위가 바뀌었을 뿐이다. 그저 생각이 일어나는 대로, 일단은 해제한 기분이 먼저다. 그래서 "한 생각에 살고 한 생각에 죽는다."라고 했는가 보다. 어쩌면 그것이 납자의 멋일 수 있다.

납자뿐 아니라 승려라면, 때론 단순할 필요가 있다. 그 단순함과 간단명료함이 더해져 그대로 천진난만한 모습이 된다면, 바로 수행이 일상에 드러나는 것이 아닐까 싶다. 그래서 수행자가 이리저리 사량분별思量分別이 많은 경우에 "머리에 자갈 굴러가는 소리가 들린다."고 비유하기도 한다.

일상에선 약속이라 한다면, 정진에 있어선 결의決意라는 표현이 어떨까 싶다. 납자들 간의 정진에 대한 다짐, 곧 결사하는 마음이 결코 유비, 관우, 장비가 도원에서 맺은 그것 못지않을 것이다.

1993년 가을, 운문암에서 산철 결제를 하면서 몇몇 납자들과 이듬해 봄부터 3년 결사를 하기로 결의를 했다. 모두 네 명이었다. 예정대로 1994년 봄, 한자리에 모였다. 장소가 문제였다. 궁리 끝에 당시 납자들 사이에 신망이 두터운 월인 노장님을 모시기로 하고 찾아뵈었지만 일초직입여래지—超直入如來地, 곧 제대로 정진하면 단박에 여래의 지위에 오른다는 고구정령苦口丁寧한 법문을 듣고 돌아왔다.

물색해서 정한 곳이 창녕에 있는 청련사였다. 그곳 주지스님은 납자들의 뜻이 좋아 3년간 외호外護를 하겠다며 선뜻 허락을 했다. 그러나 준비해야 할 일이 많았다. 3년 결사라는 설렘에 4명이 꼬박 한 달에 걸쳐 도배, 장판, 주변 환경을 정리했는데 무엇에 홀린 듯 신명나게 해치웠다. 하는 일이 서툴다 보니 중간에 꽤나 지청구를 들으면서 은근히 부아도 났

51

지만 그때뿐이었다.

　몇 가지 수칙을 정했다. 묵언, 오후불식, 가행정진이 골격이었다. 의욕이 앞서서일까. 일찍이 결사했던 경험에 비추어 볼 때 처음부터 다소 무리한 결정인 듯싶었다. 그러나 모두가 한마음이었다. 앞서 지리산 반야봉에 있는 조그만 암자에서 몇몇이 동안거를 지내며 일종식(하루에 한 번 공양)에 용맹정진 그리고 묵언까지 해 보았기에 크게 부담스럽지는 않았는데, 단지 '묵언'에서 조금 걸렸다. 혹 3년이 지난 후 제 목소리에 노래(?)는 할 수 있을지 자못 의심이 갔다.

　해인사 선원에서 지낼 때, 한 구참스님으로부터 10년을 기약하고 묵언 정진한 경험을 들은 적이 있어서 그랬다. 연유가 의외였다. 왜소한 체구인데도 평소 음성이 커서 어른스님과 주위에서 묵언을 권유했는데 홧김에 뭐 한다는 말처럼 이내 묵언 정진에 들어갔단다. 전화위복이란 그런 때를 위해 있는가 보다.

　그렇게 7년쯤 지나니 이젠 오히려 주위에서 사정하다시피 묵언을 풀었으면 하더란다. 텄단다. 문제는 목소리는커녕 발음도 되지 않아, 제자리로 오기까지 무진 노력을 했다는 체험담을 듣고 가슴이 뭉클했었다. 여전히 음성은 천장을 뚫고 있었지만 말이다.

1993년 봄에 봉암사에서 만난 한 납자는 10년을 묵언했는데, 말하려니 발음이 되지 않아 아예 묵언 정진으로 일관하고 있었다.

그러니 걱정스러웠을 수밖에. 6개월 후 이런저런 사정으로 그해(1994년) 하안거 해제를 했을 때 혼자만 남았다. 해제 후 나의 걱정은 기우였다는 사실을 알게 되었다. 기간이 짧아서였는지 말하고 노래하는 데 큰 무리가 없었다. 결제 중간에 한동안 한쪽 가슴이 쓰리듯 아팠기에 해제 후 병원에서 건강검진을 받는데, 의사 선생님이 "어떻게 간이 그렇게 깨끗합니까?"하고 물었다. 나는 이렇게 대답했다.

"마음고생이 없었나 봅니다!"

<u>10</u>

청복 清福

"마음고생이 없었나 봅니다!"

일전에 쓴 내용인데 지금의 심정을 나타낸 것 같아 다시 한 번 되새겨 보았다.

정확하게 4개월 전, 애초에 원고를 정리하면서 조용히 한 해를 보낼 심산이었다. 그러다 의도와 다르게 다시 새로운 처소에 강주로 부임하게 되었는데, 짧은 기간이었음에도 그 시간들이 그리 녹록하지 않았다.

지금까지 줄곧 대중처소에서 지내며 '먹고 자는 데' 걱정 없이 지내다가, 손수 취사를 하게 되면서 많은 것을 느꼈다. 한번은 홀로 지은 공양을 앞에 놓고 "오늘 내 가슴에 쏟아지는 비, 누구의 눈물이 비 되어 쏟아지나."(조용필의 '내 가슴에 내리는 비')하는 노래를 듣다가 그만 마음이 울컥했다. 가사가 현실이 되려는 순간에 정신이 번쩍 들어 가까스로 추슬렀다. 이내 안팎으로 어려운 시기에 단월(시주)의 공덕으로 공양할 수 있게 된 것을 감사하게 여김으로써 마음을 다스렸다.

그리고 매번 짐을 옮길 때마다 만나던 비를, 이번에도 어김 없이 겪게 되어 애꿎은 경책經冊만 생쥐 꼴이 되었다. 그래도 대중과 더불어 지낼 수 있다는 생각에, 마음은 홀가분할 정도로 신선했다.

예로부터 "대중이 공부시켜 준다."라고 했다. 대중은 신장과도 같아서 그 속에 있기만 해도 정진이요, 그 자체만으로도 절반은 정진이 된 것이라는 말이 격언처럼 전해오고 있다. 함께 정진하는 것, 이것을 청복淸福이라고 한다. 맑고 한가한 복이라는 것이다. 한가하다는 것은 일대사一大事를 해결하고 마쳐서 더 이상 할 일 없이 평안한 상태가 되는 것을 말하는데 문득, 그보다 청복을 하나의 문제 해결 과정으로 보는 것이 어떨까 싶은 생각이 든다.

수덕사의 정혜사 선원에 한인물입閑人勿入이란 문구가 있다. 일을 다 마쳐 일대사 인연을 해결한 이는 굳이 안으로 들어가서 정진하지 않아도 된다는 것이다. 호탕한 문구대로 일

찍이 만공 선사(宋滿空, 1871~1946)께서는 그렇게 지내셨다
한다. 입적하신 방장 원담 스님도 참으로 호방하셨다.

1985년 늦가을, 낙산사에서 행자 생활을 할 때 원담 노장
님을 뵈었다. 각기 다른 이들의 격에 맞는 글을 즉석에서 지
어 물 흐르듯 붓을 들어 내려가셨는데, 부지런히 먹을 갈아
도 먹물이 글씨를 쫓아갈 수 없었다. 먹물이 없어 쩔쩔맬 때
하신 말씀이 "맹물이라도 가져와!" 말씀에 꾸밈이 전혀 없으
셔서 있는 그대로의 스님을 뵙는 기분이었다. 스님께서는 어
느 노스님의 영결식에서 3일간 만장을 쓰셨는데, 글도 좋았
지만 문장이 거의 끊어지지 않았다고 한다.

옆에서 꼬박 4시간 동안 먹을 갈았더니 덕담을 곁들여 달
마 스님의 가르침이라며 한 장 써 주셨다. 관심일법총섭제행
觀心一法總攝諸行. '한 마음이 제대로 통하면 모든 것을 포용할
수 있다'는 당부의 말씀을 지금도 명심하고 있다.

비구 대처 정화 때 역할을 했던 구참스님께 들은 일화다.
해제가 되어 살림이 넉넉한 사찰의 주지로 있는 도반道伴(함
께 도를 닦는 벗)을 찾았단다. 며칠 후 떠나려는데 꽤나 두툼한
봉투를 건네며 "복도 없는 스님! 이거나 가져가게나."라고
하기에 일단 받아 들고 돌아섰는데, 문지방을 넘는 순간 그
말이 걸려 되돌려 주고는 "복이 없다고 했는가? 정진하는 복

만큼 더 큰 복이 어디 있어. 정진이야말로 청복 아니겠나?”
라고 되받아 쳤단다. 그러니 아차 싶었던지 즉석에서 정식으
로 참회하더란다. 주위에 총무원에서 내로라하는 소임자스
님들이 여럿 있었지만 아랑곳하지 않고 참회하더란다.

근래 들어 정진은 결코 헛되지 않다는 것을 실감했다. 출가
하면서 최고의 이상이 있었다. 20여년 열심히 정진하고 걸망
하나에 자유인이 되어 주유천하周遊天下하는 것이었다.

20년이 되던 해에 백양사 강주로 부임하면서 혼자 마음속
으로 한 말이 있다.

‘그간 무엇을 바라기 보다는 과정을 충실하게 밟겠다는 신
조로 지내왔는데, 20년 정진이 헛되지 않았구나!’

지금의 위치가 막중한 소임인 만큼 심기일전하는 마음으
로 임하고자 한다. 대중과 더불어 지낼 수 있어 기쁘다.

한마디로 복 터진 기분이다. 정진복! 청복!

11

발심 發心

"왜 출가 했나요?"

"무슨 사연이 있었나요?"

한때 만행하면서 자주 들은 질문이다. 앞 질문은 내게 나름의 이유와 의미가 있기에 그런대로 얼마간 오가는 말이 이루어지지만, 뒤에 질문에 대한 나의 대답은 늘 간단하다. "실연당한 일 없습니다." 물론 더 이상의 대화는 없다. 처음 출가해서 은사스님으로부터 받은 질문이다.

"왜 출가했나?"

"좋아서요!"

"여는 좋다고 해서 지내는 곳이 아니여!"

"……."

이미 주변을 다 정리하고 은사스님까지 소개받은 상황에서 하신 말씀이었기에, 순간 막연한 불안감이 들었다. 하지만 다행히도, 잠시였다. 보름쯤 지나 방을 배정받고 확신이 들면서 그간 밖에서 지냈던 일들이 하나도 생각나지 않을 정도가 되었다.

출가할 때의 다짐을 발심發心 또는 초심初心, 초발심初發心이라고 한다. 처음에 일으킨 마음으로써 보리(깨달음)를 이루겠다는 다짐이기도 하다. 군이 처음이 아니더라도 중간 중간 새롭게 마음을 다잡고 정진에 임하는 것을 뜻하기도 한다. 좁게는 출가한 동기라 할 수도 있다. 출가 동기는 처음 은사스님으로부터 질문 받을 때를 제외하고는 늘상 함께 지내는 대중들 간에도 본인이 자연스레 얘기하기 전에는 좀처럼 캐묻지 않는다.

1993년 늦봄. 봉암사 선원에서 만났던 한 납자의 발심(출가 동기)을 우연히 알게 되었다. 몹시 건장한 체구에 그 유명한 공수특전단 출신이었다. 학창시절 씨름선수였다니 힘 또한 항우였다. 걸핏하면 쥐어 패서, 반복되는 사고로 주위를 몹시도 곤혹스럽게 했단다. 그래서 결심한 것이 군 입대였

는데, 제대하기가 무섭게 형수가 두툼한 봉투를 내밀더란다. 어디 한 달쯤 여행을 다녀오라고 해서 제대 선물로 알고 홀 가분하게 여행을 다녀와 보니, 집안이 휑하더란다. 이사를 가버린 것이다. 띵한 순간 그길로 출가했단다.

그래서일까. 스님은 약하거나 본인보다 승랍이 낮은 남자 에게 좀처럼 화를 내는 일이 없었다. 참회하는 마음으로 지 내는 것 같았다. 소설을 즐겨 읽었고 상당히 정서가 풍부했 으며, 특이하게도 결제 철의 방함록(선원 명단)을 이 잡듯이 살펴, 한자로 표기된 천여 명에 가까운 법명을 거의 다 암기했다. 위에 스님 또는 소임자스님에게 대중들이 가진 불만을 대변하여 말하는 데 스스럼이 없었고, 옳다고 생각하는 일에 대해서는 과감하게 직언을 고하기도 했다. 안타깝게도 너무 힘을 믿고 줄기차게 정진하다 성에 못 이겨 그만 스스로 명을 달리하고 말았다. 그래서 부처님은 거문고 줄을 다루듯, 너무 팽팽하지도 너무 느슨하지도 않게 정진하라 경계하셨다.

당시 법주사 강원의 중강을 하면서 강의 준비를 하다가 불현듯 발심해서 선원으로 걸망지고 가게 된 결정적 계기가 있었다. 여러 날 오른쪽 가슴이 아팠는데 주위에서 그 곳이 매우 민감한 곳이니 검진을 받아 보라고 했다. 의사 선생님은 대뜸 간이 부은 것 같다며 일체 음식을 먹지 말고 내일 정밀 검사를 하자고 했다.

그날 밤 내내 온갖 불길한 예감으로 한숨도 이루지 못하고 지레짐작하기를, 어느 깊은 산중에 들어가 조용히 기도하며 생을 마쳐야겠다는 나름의 결정을 내리고 다음 날 다시 병원을 찾았다. 새로 바뀐 의사 선생님은 너무도 간이 깨끗한데 왜 검진했느냐며 되레 반문했다.

돌아온 그날부터 책이 눈에 들어오지 않았다. 10여 년 간의 고민들과 갈등들, 인생을 정리하려 했던 마음들이 자꾸 떠올라 도저히 책을 읽을 수가 없었다. 출가할 때 가지고 왔던 수첩을 그제서 태우고 새로 출가하는 마음으로 찾은 곳이 봉암사였다.

여태껏 누차에 걸쳐 발심하듯 선택한 정진이 늘 새롭게 해 준 원동력이 되었다. 덕분에 그 누가 또다시 '왜 출가해서 사느냐'고 묻는다면 자신 있게 답하리라.

"좋아서요!"

'납자'하면
떠오르는 단어

12

객실 客室

'납자!'하면 등식처럼 떠오르는 단어가 있다. 만행과 걸망, 그리고 객실이다. 뉘엿뉘엿 해질녘, 예약 없이 낯선 절에 홀로 산문을 들어서는 순간. 황혼축개비인사黃昏逐客非人事라, 무소의 뿔처럼 그렇게 객실로 들어서는 정황이 납자의 전형적인 모습이라 하겠다.

1990년대 초반까지만 해도 비교적 규모가 작은 사찰에서는 주지스님이 직접 객을 안내하는 편이었고, 큰 사찰에서는 따로 지객知客 소임자를 두어 안내했다. 요즘 지객 소임은 선원에서 납자 방부의 가부可否를 결정하는 일까지 하게 되었는데, 객을 맞이하던 소임에서 당락 판단까지 하게 되었으니 더

막강해졌다고 해야 할까? 시류時流는 어쩔 수 없는가 보다.

강원 시절 죽이 맞아 꽤나 객기를 나누었던 도반이 있다. 달이 뜨면 뜬다는 핑계로 없으면 없다고 억지를 부려 마을 잠행을 감행했으니, 빠듯한 일정이었음에도 밤을 지샌 날이 많아 손으로 꼽기가 민망할 정도다. 어느 강주스님은 달의 정취를 설명하면서 '너도 한 잔 나도 한 잔…' 유명한 한시를 읊었다가 학인學人들의 흥을 부추겨 추스르는데 한동안 힘겨웠단다. 다행히 엄한 강원 분위기 덕에 그나마 절제가 가능했다.

그 도반은 성격이 화통해서 일찍이 납자가 되었고, 만행한 일화도 화끈했다. 이른 봄 대낮에 어느 낯선 절을 찾았단다. 맞이하기는커녕 소 닭 보듯 하는 분위기에 은근히 오기가 발동해서, 궁리 끝에 입고 있던 누비를 함박에 푹 담갔다가 눈에 잘 띄는 곳에 척 널었단다. 때마침 싸늘한 날씨에 세탁기마저 변변찮은 시절이라 2, 3일은 너끈히 말려야 할 분위기였는데, 이러한 도반의 강단에 이내 태도가 바뀌었단다.

또 있다. 모처럼 서울에 갔다가 날이 저물어 한강 둑을 거닐다 잠시 걸망을 내려놓고 쉬는데 40대쯤으로 보이는 한 보살님이 유심히 걸망을 응시하며 머뭇거리다 묻더란다.

"그 바랑에 무엇이 들었나요?"

말이 끝나기 무섭게 통째로 건네주었단다. 도반의 망설임

없는 태도에 발심이 인 보살님은 이후 신실한 신도가 되었다고 한다.

한때 만행이 자유로웠던 시기에는 혹간 터미널 의자에 걸망을 벗어 놓고 몇 시간 볼 일을 보고 와도 걸망이 그 자리에 고스란히 있었다고 한다. 하지만 주위 얘기를 들어보면 근래 들어 납자의 낡은 걸망조차 통째로 사라지는 일이 종종 생기곤 하는 모양이다.

사실 납자들도 인심을 탓하기 이전에 자신의 물건을 소중히 다루어야 한다. 물욕이 없는 것과 자신의 물건을 소홀히 하는 것은 다른 문제이기 때문이다. 그러나 세상이 각박해진 것도 사실인 모양이다. 문득, 봉암사 객실에 머물렀던 때가 떠오른다.

1993년 늦봄, 봉암사를 찾았다. 마침 산철 결제 중이어서 객실에 머물게 되었다. 봉암사의 지객 스님은 나보다 꽤나 연장年長인데도 손수 내 걸망을 대신 받아 지고 객실로 안내해 주었다. 젊은 나로서는 따라가면서도 왠지 민망했는데, 사실 당시의 지객 문화가 그렇게 따뜻했다. 결제 대중과 간간이 울력을 함께 하다 보니 어느덧 친숙해져 어느 날 산행을 같이하게 되었다. 얼마를 걸어 천애의 절벽 앞에 도착했는데, 지객 스님에 의하면 그곳은 희양산 A코스로 산중 가장

험한 길인데 납자라면 응당 거쳐야 할 통과의례라고 했다. 가파른 절벽에 붙은 오래된 소나무의 가지가 정상과 맞닿아 있어 정상에 오르려면 나무를 타야 한다고 했다. 나는 어려서부터 이렇다 할 나무 한번 오른 경험이 없었으므로 순간 겁부터 났다. 그러나 무척 드문 경우지만, 오르지 못하는 납자는 2시간여를 둘러 와야 할 거라고 하며 자존심을 건드리시니 겁이 나도 용기 내어 올라야 할 판이었다.

"떨고 있네!"

엉겁결에 정상에 오른 순간, 아득히 보이는 밑에서 들려오는 말이었다. 아찔했다. 어느 전직 대통령도 그곳에 올라 "휴!"하고 큰 숨을 돌렸단다. 그러니 나 같은 일개 납자의 다리는 까마득한 밑에서도 확인이 가능할 만큼 덜덜덜 쉬지 않고 떨어댔을 테다.

1980년대 말 강원 방학을 틈타 만행길에 이곳 고창 선운사 객실에서 하루를 묵은 적이 있다. 그날따라 대웅전에서 기도하던 스님이 걸망을 지고 떠난 뒤여서, 대신 기도하게 되었다. 이튿날 공양주 보살님은 "이곳에 계속 살지 않으시면 공양을 드리지 않겠습니다."라고 했다. 자세한 설명을 드리지 못하고 훗날 오겠다며 양해를 구했었는데, 20년이 지나 선운사에 왔으니, 그때의 말빚을 갚으러 왔지 싶다!

막다른 길

<u>13</u>

한계 限界

막다른 길과 맞닥뜨리는 것을 선가에서는 노서입각老鼠入角이라고 표현한다. 아무리 영특한 늙은 쥐라도 일단 소뿔 속에 들어가면 꼼짝달싹 못한다는 것이다. 참구參究를 할 때도 그렇게 벽을 대하듯 막다른 처지에 이르러야만 진정한 공부가 된다는 것이다.

이것이 선가의 매력이 아닐까 한다. 막다른 한계限界에 이르러서야 비로소 공부가 시작된다는 것이다. 그럼 끝은 어떤가. 백척간두진일보百尺竿頭進一步다. 이를 대로 이른 막바지에서 한 발자국을 더 내딛고도 자유로울 수 있는, 스승에게 짓밟히고도 웃을 수 있으며, 몽둥이로 내치면 같이 맞받아

68

처도 전혀 문제가 되지 않는, 한마디로 대박(?)인 상태.

납자들의 내면에는 공통점이 있다. 한계다. 그것이 경험이든 관념이든 간에 어느 정점에 이르러 보았다는 것이다. 1991년 동안거 때 해인사에서 만난 한 납자가 있었다. 유명한 S대 수학과 출신으로 모르는 것이 없어 일명 '박물학자'로 통했다. 그는 일찍이 우연한 기회에 선어록을 대하게 되었는데, '논리'라면 누구보다 자신 있던 그가 선문답을 접하고는 초논리에 매료되어 출가했단다. 관념의 한계였을 것이다.

일상에서는 평범했다. 정월 명절이 되어 잠시 자유로운 시간을 틈타 장기 둘 때의 일이다. 대개는 큰 말을 먹는데 그 스님은 고집하듯 '졸'을 즐겨 먹어 주위에서 한마디 했다. "어찌 졸만 먹나요?" 스님이 대답했다. "새우도 반찬이여!" 순식간에 좌중이 뒤집어졌다.

스님은 조용한 성미였으며 늘 성급히 뛰는 일이 없었다. 그리고 재미있게도 잠깐 휴식할 땐 언제나 오른쪽으로 누웠다. 부처님이 그러셨단다. 산철이면 답사를 했다는데, 당시 남한의 사적지와 유적지를 거의 다 탐방해 수집해 놓은 자료가 상당하다고 했다. 그 뒤로 10년이 흐른 2000년부터 삼보사찰의 하나인 총림에서 박물관장 소임을 보고 있다.

내겐 일상에서의 고비가 종종 있었다. 일찍이 부모님과 4

입문한 날부터 즐거웠다.

갈등과 회의가 밀려올 땐 어김없이

새로운 마음가짐으로 정진할 수 있는 계기가 주어졌다.

살 때 헤어져 조부모님과 숙부모님 슬하에서 자랐다. 중학교와 고등학교는 숙부모님과 은사님 그리고 학우들과 주위의 도움 덕에 가까스로 졸업했다. 몇 년간의 공무원 생활을 정리하고 출가할 당시, 주변에서 다들 이제 웬만큼 생활할 여유가 됐는데 왜 군이 그 길을 택하느냐고 물었다. 그때 중학교 시절 은사 한 분이 격려해 주셨다.

"자네는 그간의 여정이 꼭 출가하기 위한 생활이었던 것 같네!"라고. 생각 같아서는 그간 도움을 주셨던 모든 분들을 일일이 찾아뵙고 싶지만 마음뿐이다.

고비마다 베풀어 주셨던 은인들께 어떻게 은혜를 갚아야 할지 고민하다, 더 많은 분들께 보답할 수 있는 길이 무엇일까 고심한 끝에 출가 결심을 하게 됐다. 입문한 날부터 즐거웠다. 갈등과 회의가 밀려 올 땐 어김없이 새로운 마음가짐으로 정진할 수 있는 계기가 주어졌다. 그것은 스스로 걸머진 걸망에서 비롯됐다. 다행히 그때마다 그에 걸맞은 정진처소를 만났다. 하지만 한쪽에서는 한 곳에 진득이 있지 못한다는 아쉬움을 사기도 했다.

특히 선원에 갈 때는 더욱 그랬다. 1999년 해인사에서 8개월간 강사를 지내다 불현듯 걸망을 지고 은사스님을 뵈니, 마뜩찮아 하시며 이르셨다. "너 그렇게 내려가면 어떡할래?"

"제가 여기서 더 이상 내려갈 일이 있겠습니까."하고 대답하자 곧장 단호한 표정으로 말씀하셨다. "네게 더 이상 말하지 않으마." 아마도 지난날(출가 전) 역경을 겪으면서 얼마간 한계에 부딪혀 생긴 내성이, 입산해서도 늘 새롭게 충전하고픈 의욕으로 용솟음치지 않았나 자찬해 본다.

요즘 이 글로 '잘 나가고' 있다. 행여 은사스님의 준엄한 말씀 있지 않을까 싶다. "너 그렇게 오르다가 어떡할래?" 나의 지금 심정은 이렇다. "아직은 배가 고픕니다!"

입방여부를
결정 받다

<u>14</u>

방부 房付

    다른 사찰에서 지내고자할 때 입방入房 여부가 결정되어야
하는데, 그 절차를 방부房付라고 한다. 결정이 나고 큰방에서
인사를 하면 비로소 본방 대중이 된다.

    선원에서는 대중들 중에서 차출된 지객知客 소임자가 그
일을 담당하는데, 1990년대 중반까지만 해도 선원마다 3명
에서 많게는 5명까지 지객을 두었다. 당시 해제 무렵이 되
면 납자들 사이에 누가 어디에 지객이 되었는지가 초미의 관
심사였는데, 웬만한 구참스님도 관심 두기에 예외가 없었다.
혹간 그 지객 중에 이래저래 인연이 없으면 은사스님, 구참
스님, 도반 등 줄(?)을 댈 수 있는 데까지 총동원해야만 했

다. 특히 경력이 짧은 납자에겐 방부가 커다란 부담이었다. 당연히 누구에게나 공평하게 기회가 주어져야 하지만 이 또한 당시의 살아가는 정리情理가 아니었나 싶다.

그렇게 사전 탐색을 마치고 해제 다음날(음력 1월 16일과 7월 16일) 해당 선원에 모여 입방 원서를 쓰고 잠시 대기하는 시간은, 마치 입시를 연상시킬 만큼 초긴장 상태이다. 하지만 이럴 때 의연하게 내색하지 않는 것이 납자의 정진력이라 하겠다.

막상 결정이 되고 명단이 확인되어 희비가 엇갈리는 표정에는 승속을 떠나 인지상정이 그대로 드러난다. 어쩌면 그 모습이 풋풋한 정은 아니었나 하는 생각이 든다. 어느 처소에서는 아예 접수된 순서대로 정해서, 미처 방부를 들이지 못하면 다음 철에 그대로 이어 결정하기도 했다.

산철 결제를 하는 곳은 달랐다. 1993년 늦은 봄, 무작정 걸망을 지고 문경 봉암사에 도착하니 때마침 산철 결제여서 해제 때까지 꼬박 열하루를 객실에 있었는데, 그때 보았던 일이 문득 생각난다.

공사公事(절에서 이루어지는 일종의 재판)였다. 공사에도 구분이 있다. 뒷방 공사와 큰방 공사. 뒷방 공사는 말 그대로 뒤에서 조용하게 어간이나 구참스님들이 모여 수습하는 것이

며, 큰방 공사는 중대 사안으로써 전 대중이 큰방에 모여 당사자 입회하에 대중적으로 참회시키거나 아니면 퇴방(산문출송)하는 것으로 대부분 결론이 난다.

큰방 공사였다. 이미 퇴방 시킬 사안이라고 잠정 결론이 났던 모양인데, 뜻밖에 다른 결과가 나왔다. 한 납자가 마스크를 쓴 것이었다. 기발했다. 그 스님은 평소 의협심이 강해 대찬 발언을 할 것으로 잔뜩 기대했었는데, 그만 풀로 진흙을 덮듯 넘어가 버렸다.

봉암사는 특별수행도량이 되기까지 어려움이 많았다고 한다. 일찍이 국립공원에 편입되었다가 대통령의 재가로 겨우 풀린 일이 있다. 그 인연으로 그 전직 대통령은 퇴임 후인 1990년대 초에 조실스님이 거처하는 요사채(寮舍, 절에 있는 승려들이 거처하는 집)에서 3일을 묵고 갔다고 한다. 봉암사가 자리한 희양산은 경관이 뛰어나고 더구나 백두대간의 중심부여서 산악인들이 꼭 지나치고 싶어 하는 곳이기도 하다. 그러나 특별수행도량의 특성상 어쩔 수 없는 통제로 등산객들과 심심찮게 마찰이 생기곤 했다. 그래서 때때로 사중 소임자로서는 궂은일을 해야 할 스님이 필요했다. 허나 정진에만 전념하는 납자들에겐 왠지 부담스런 데가 있었기에, 공사를 했던 것이다.

산뜻해야할 해제가, 막상 그날이 되어서는 침잠한 표정들
이었다. 보다 못해 분위기를 띄워 열 명이 조금 넘는 납자들
과 시내 뷔페에 갔다. 어쩐지 어색한 것 같아 칵테일 몇 잔을
시켰는데 손을 대는 스님이 없었다. 덕분에 혼자서 다 들이
켰다. 문제는 다음날이었다. 그 중에 방부를 주관하는 납자
가 있었던 것이다. 입방원서를 내밀자 여지없이 한마디 날아
왔다.

　"이 도량은 곡차 하는 스님의 방부를 허용하지 않습니다."

　급히 도반에게 연락해서 마련한 공양금은 그렇다 하더라
도, 그 순간 뒷머리가 띵했다. 어렵게 방부를 마쳤다. 강원
시절에 부렸던 객기가 떠올랐다. '업' 이었다!

"공부가 다르던가요."

15

역지 易地

동상이몽同床異夢이란 말을 한다. 한 책상, 곧 강원에서 함께 공부할 때는 실감하지 못했는데, 졸업 후 각자의 근기대로 정진하는 모습을 그렇게 표현해 봤다.

절친한 도반스님이 있다. 일찍이 행자실에서 만나 통도사 강원에 함께 입방하면서 둘은 다짐하듯 말했다.

"우리는 화엄경을 다 공부하고 졸업합시다."

그런 전례가 없었는데도 당시 방장이셨던 월하 노장님과 사중의 특별한 배려, 그리고 학인스님들의 적극적인 지지에 힘입어 졸업하는 9명 중에 5명이 별도로 화엄경을 시작했다.

그러나 순탄하지 않았다. 석 달이 채 못 되어 애초 결심했던 도반과 단 둘만 남아 상황이 어렵게 되었다. 다행히 당시 강주시던 원산 스님께서 둘을 앉혀 놓고도 당신의 공부라 여기시며 하루에 거의 2시간 정도를 빠짐없이 지도해 주셨기에, 2년에 가까운 우여곡절을 겪으면서도 끝까지 회향을 할수 있었다. 그 인연으로 2003년도에 법사스님으로 모시고 전강식을 하면서 '법광法光'이란 호를 받았다.

잠시 도반스님 이야기를 해야겠다. 도반은 7살에 입문하여 수계를 모르고 지내다가 스물이 되어서야 계를 받았다. 어찌나 철저하게 계를 지키는지 지금도 '멸치꼬랭이' 하나 입에 대지 않는다. 그런 도반과 내가 강원에서 가까이 지내니 주위에서, 만다라에 나오는 법운과 지선 스님으로 비교하기도 했다. 그도 그럴 것이 화엄경을 마칠 때까지 꼬박 5년간 객기를 부리며 도반의 통장을 다 털어 먹었으니 당연한 일이었다. 다행히 도반은 심지가 굳어 전혀 흩어짐이 없었고 오히려 객기 많은 나를 더욱 이해해 주었다.

통도사 강원에서 5년을 공부한 뒤 도반은 그대로 남아 강의를 했고 난 선원을 향해 걸망을 지고 떠났다. 떠날 즈음 도반이 내게 말했다.

"공부 방법이 다르니 함께 갈 수 없네요!"

그 후 도반은 교학에 전념하여 2002년도에 최연소로 총림

의 강주가 되었다. 이어 2005년도에 경쟁이라도 하듯 바로
이웃 총림에 나도 강주로 부임했으니, 결코 다른 길이 아니
었다.

　그러나 그간의 여정은 차이가 있었다. 도반은 강원에 남아
줄곧 5년 넘게 강의를 했고 1년가량은 능엄경에 심취해 외
딴 곳에서 달달 암송을 했으며, 이어 은해사 승가대학원을
졸업한 뒤로 4년 동안 강의를 하고 강주가 되었다.

　나는 걸망의 연속이었다. 1991년 초가을부터 걸망을 걸머
지고 15년간 선원, 율원, 승가대학원 3곳의 강원에서 강의하
기까지 무려 스무 번이 넘도록 처소를 옮겨 정진했고, 2005

년도에 백양사 강원 강주로 자리를 옮겼다. 출가한 지 20년 만의 일이었다.

힘든 고비가 있었다. 2003년 여름 통도사에서 떠들썩하리만큼 근사한 전강식을 한 지 6개월 만에, 법주사 강원에서 강사로 지낸 지 3년 만에 다시 선원으로 간다고 했을 때 주위에서 의아해 하거나 핀잔에 가까운 말들이 많이 들려왔다. 그러나 법사스님께서는 오히려 격려해 주셨다. 일찍이 선과 교를 겸했으면서도 2000년 초에는 3년간 무문관까지 성만했던 경험으로 주시는 마음이었는데, 큰 위안이 되었다. 그래서 인연이라고 했는가 보다.

2004년 봄, 절박한 심정으로 봉암사에 방부를 했다. 산철 결제를 마치자 '선감' 소임을 맡았으면 하는 권유가 있었다. 선감 소임은 기본 선원 스님들을 갈무리하는 일이며 1년간 산문 출입을 할 수 없었다. 어차피 마음 내서 정진할 바엔, 의미 있는 소임이다 싶어 흔쾌히 수락했다. 덕분에 그간의 습기(?)를 잠재우는 소중한 계기를 얻을 수 있었다.

도반은 강주 소임을 놓고 선원에서 정진한 지 1년이 지났다. 이번 하안거 결제에 앞서 만날 듯싶다. 한번 물어 볼거나. "공부가 다르던가요?" 아무튼 20여년 만에 처지가 바뀌었다. 역지易地다!

'소를 타고 소를 찾는다'

16

산행 山行

　산철이면 어김없이 들르는 납자가 있다. 일찍이 법주사 강원에서 강사 겸 학감(학인을 갈무리하는 소임)을 보며 맺어진 인연이다. 2001년 초가을, 여름 방학을 마치고 돌아와 보니 학인 두 명이 언쟁을 하다 순식간에 벌어진 다툼으로 사중 전체가 어수선했다.

　사연인즉 법대法大를 나온 어떤 스님이 출가 전 역기를 들었던 힘을 믿고, 말하던 중간에 다른 스님에게 갑자기 달려들어 목을 졸랐단다. 그런데 이쪽 또한 만만한 상대가 아니었다. 일찍이 형님(?) 세계에서 꽤나 인정받아 앞날이 보장된 상황에서, 이렇게 지내서는 안 되겠다는 결심을 하고 출가한 스님이었단다.

본인 얘기로는 반사적으로 두어 번 손을 휘둘렀단다. 결과는 역기를 들었던 스님이 병원에 입원을 하게 되었고, 일이 커졌다. 더구나 그 역기 스님이 주지실 시자 소임이었기에 사중 소임자들은 손을 휘두른 학인을 퇴방시켜야 한다고 주장했다. 내보내려거든 둘 다 보내던지, 그렇잖으면 서로 화해시키고 참회를 줘서 같이 지낼 수 있도록 하자고 줄기차게 설득을 했다. 마침내 학감인 내가 책임지고 처리하는 것으로 마무리 됐다. 둘 중 한 학인을 불렀다.

"이후 이러한 일이 한 번이라도 다시 있으면 나랑 스님이

랑 같이 걸망 지는 겁니다!"

"예."

학인은 다시는 그리하지 않겠다고 다짐한 뒤 "마 됐나? 됐
다!"하는 식으로 상대방에게 솔직한 사과를 했고, 둘은 화해
했다. 내게 다짐한 스님은 그 후로, 어떻게 이리도 바뀔 수
있을까 싶을 정도의 변화된 모습으로 생활했고, 2년 넘는 기
간 동안 주위의 칭송을 받으며 모범 학인으로 무사히 강원을
졸업했다.

2004년, 그때의 학인이 납자가 되어 봉암사에서 만났다.
남달랐다. 학인 때도 방학이면 적멸보궁을 순례하며 빼놓지
않고 기도하던 그의 신심은 납자가 되어서도 변함이 없었다.
여름 한 철을 큰방에서 지내고 곧바로 가행정진에 들어갔다.
그곳은 납자들 사이에서도 선망 받는 곳이며 별도로 5명 정
도가 지낼 수 있는 공간으로, 말이 가행정진이지 철야정진과
진배없는 수행이 이루어지는 곳이었다. 하루 2시간 취침에
16시간 내지 18시간 정진이었는데 그 납자는 끄떡없었다.
대단했다.

이곳 또한 사람 사는 일이 있었다. 그때 선감 소임으로 1
년을 지내다 보니 2004년 동안거 해제 무렵에는 대중들 간
에 웬만한 신뢰가 형성되었다. 해서 뜻하지 않은 일로 소임

이상의 몫을 해야 할 일이 종종 생겨, 일종의 총대(?)를 메는 일을 몇 번 하게 되었다. 당시엔 굉장한 모험이었다. 그러나 나 몰라라 해서는 대중의 정서를 외면하는 것 같아 어쩔 수 없는 선택을 해야만 했다. 여차하면 씻을 수 없는 오점으로 남을 수도 있는 일이었다. 자칫 승가의 허물을 드러내는 것 같아 이쯤에서 구체적인 내용을 접어야겠다. 다행히 수습되었다. 요즘 표현으로 '윈-윈win-win'이었다.

돌이켜 보면 그해 봉암사의 겨울에는 참으로 아찔한 순간이 많았다. 여러 납자들의 믿음이 있었기에 해결이 가능했다. 특히 그 납자에 대해서는 온몸을 다해서라도 지켜 주고 싶은 무한한 신뢰가 그때 우리들에게 있었기에 큰 탈 없이 넘어갈 수 있었다. 마치 약속이라도 한 것처럼 한 번씩 믿음을 확인한 격이 되었다. 이후로는 더욱 친밀해져 해제 때마다 만나면 함께 산행을 하게 되었다. 그때를 대비해서 선반에 배낭 두 개를 늘 준비해 두고 있다.

지난해 이맘 때였다. 둘은 준비해 둔 배낭을 짊어지고 다른 일행 두 명과 함께 지리산에 올랐다. 산장에서의 첫 날 밤에 나는 지독한 기침으로 밤새 뒤척였다. 다음날엔 치아에 땜질한 조각까지 빠져 음식을 우물우물 넘길 수밖에 없었으니, 이게 웬 사서 고생인가 싶으면서도 액땜(?)하는 기분이 들었던 기억이 난다.

기우멱우騎牛覓牛라 했다. 이는 곧 소를 타고 소를 찾는다는 뜻인데, 정작 산에 살면서도 이렇다 할 산행을 못하는 아쉬움에서 해본 말이다. 어찌됐든 올 봄엔 이런저런 사정과 원고 핑계로 선반에 있는 배낭을 그저 바라보는 신세가 되었다!

국수 만들 줄 알면
수제비는 문제없다

덕 높은 수행자의 명단

17

용상방 龍象榜

안거(결제)를 시작하면서 소임을 정해 명단을 써 붙이는 것을 결제방結制榜이라고 한다. 일명 용상방龍象榜이라 하는데, 용상은 곧 '덕 높은 수행자의 명단'을 써서 붙인다는 의미다. 그러나 실제 명단은 사중에 있는 대중을 총망라해서 등재한다. 어른스님에서부터 처사님과 보살님까지.

예전부터 선원에서는 방부를 들인 대중은 결제 2, 3일 전에 한 걸망 가득 지고 미리 들어와 서로 얼굴도 익히고 주변을 정리정돈 했다. 그때 자연스럽게 어느 납자가 어떠한 소임을 보면 좋을지 짐작을 한 다음 결제 하루 전날 오후에 가방假榜, 곧 용상방에 올리기 전에 미리 소임을 정했다.

그런데 요즘에는 그러한 정서가 점점 사라지는 것 같다. 걸 망부터 그렇다. 웬만한 짐은 미리 소포로 보내고 그저 소지 품 정도를 담은 조그만 걸망을 달랑 지고 오는 경우가 대부 분이다. 그리고 결제 2, 3일 전에 미리 들어오는 납자도 드물 다. 전에는 한두 철 지내면 다른 처소로 옮기는 것이 상례였 지만, 요즘에는 한 번 방부를 들여 몇 철씩 안거하게 되니 미 리 얼굴을 익힐 필요가 적어졌다. 소임 또한 거의 정해져 있 어 대부분 결제 하루 전날 소임을 정할 때가 되어 입방을 한 다. 조금은 아쉽다.

소임은 대략 어간, 상판, 중판, 하판으로 분류되어 불문율 처럼 전해져 온다. 대표적으로 헌식과 명등(때에 맞춰 등을 켜 고 끄는 소임)은 상판 소임, 마호(손질할 풀을 쑤는 소임)와 정통 (해우소 청소)은 중판 소임, 시자와 다각(차담茶啖 담당)은 하판 소임인데, 간혹 이 같은 정서를 모르고 엉뚱하게 자원할 때 는 난처한 경우가 생기기도 한다.

한번은 선원 경험이 별로 없는 상판쯤 되는 스님이 대뜸 다각을 자원하는 바람에 한 철 내내 대중이 불편해 했다. 본 인은 신심을 내어 하심下心하는 마음으로 대중을 모시겠다는 뜻이었지만, 오히려 대중은 그 스님을 모시는 자세로 '멋쩍은 차담'을 해야만 했다.

소임이 정해지고 저녁 예불을 마친 후에 전 대중이 큰방에 모여 각 처소별로 소임자 명단을 발표한다. 이어 선원의 열중(총림일 경우)이나 입승 소임자는 의례에 따라 죽비를 전달받으며, 어간스님의 결제에 임하는 당부 말씀으로 용상방이 정해진다.

해인사에서는 매년 하안거가 되면 용상방에 오르지 않는 결제 대중이 있다. '꿩 수좌'(?)다. 한 마리 위엄 있는 장끼(수꿩)에 까투리(암꿩)와 그에 딸린, 이제 알에서 깨어난 지 얼마

되지 않아 아장아장 걷는 여러 마리의 식구들을 대동한 무리가 결제하는 날 선원 뒤뜰에 어김없이 나타난다. 그때에 맞춰 다각 소임자가 차를 끓인 찌꺼기를 뒤뜰에 놓아두면 대중들은 뒷마루에서 이를 지켜보는데, 그 광경이 장엄하게 느껴질 정도로 분위기가 있다. 그 이후로는 오후에 한차례 더 내려와 장끼는 "꿩! 꿩!" 소리로 한 철 내내 납자들을 경책(?)한다. 해서 '꿩 수좌'가 되었다. 1993년 여름이었으니 지금도 여전한지 궁금하다.

요사이 새벽마다 울어대는 새가 있다. "홀딱 벗고! 홀딱 벗고!"하며 운다 해서 '홀딱새'라고 알고 있다. 어느 날 큰 발견이라도 한 것처럼 한 납자를 만나 그 새를 소개했다가, 곧바로 한마디 들었다.

"밥만 먹고! 밥만 먹고!"

스님들을 경책하는 소리란다. 순간 무안한 마음에 잠시 말을 잊었다.

홀딱새에 뒤질세라 고창 선운사에도 요맘때쯤 우는 새가 있다. 소쩍새다. 서정주 시인이 태어난 고장이라 그런지 그 우는 맛이 다르다. 그러나 앞서 홀딱새에 대한 나의 어설픈 감상에 한 방망이 먹어서인지 새겨듣게 된다. "솥 적다! 솥 적다!" 모두가 어려워 솥단지가 줄어드니 슬프다며 우는 것 같아 가슴이 찡하다.

　이번 안거에는 새의 울음소리를 경책으로 삼아야겠다. 밥만 먹지 말고 열심히 정진하여 작아진 솥단지가 큰 가마솥이 되기를, 한 결 같이 넉넉한 세상이 오기를 발원하리라!

결제에 앞서
먼저 정하는 소임

<u>18</u>

입승 立繩

　선원의 결제에 앞서 가장 먼저 정하는 소임이 입승立繩이다. 승繩은 목수가 나무를 자르기 전에 먹줄을 튕겨 만드는 재단선과 같이 판단의 척도 내지는 기준이 되는 '법'을 의미한다. 거기에 입立을 더함으로써 입승立繩은 곧 법을 바로 세운다는 의미가 된다. 선원에서 일어난 청규 이외의 상황에 대해 올바르게 판단하고 그릇됨을 바로 잡는 막중한 소임으로, 어른스님이 계신 처소라 해도 예외가 될 수는 없다.

　그런 만큼 먼저 어간이나 상판스님들이 모여 입승 소임에 적합한 납자를 사전에 조율하고 나서 대중들이 추인推人하는 방식으로 입승 소임자를 정한다. 이어 용상방을 정할 때 전 대중이 지켜보는 가운데, 조그만 경상에 죽비를 얹어 하판의 두 납자가 '이운식移運式(괘불(掛佛)을 모시거나 가사ㆍ사리(舍利) 등을 봉안하는 의식)'을 하듯 받쳐 들고 입승스님의 앞으로 간 후 삼배를 올린다.

선원의 입승은 추대 형식이지만 강원의 입승은 대부분 투표를 한다. 정확하게 20년 전, 강원의 가장 윗반이 되어 반에서 적임자를 아예 한 명만 정하고 투표에 임하기로 했다. 막상 투표에 임박해서는 한 도반스님이 형식적이더라도 두 명은 되어야 한다며 뜬금없이 나를 추천했다. 사전에 약속이 되었던 만큼 그저 들러리라 생각했다. 결과는 예상 외였고, 압도적인 표차로 졸지에 입승이 되었다.

예로부터 통도사 강원의 입승은 조실 자리와도 바꾸지 않는다고 했단다. 그래서일까, 솔직히 싫지는 않았다. 허나 호락호락한 자리가 아니었다. 그해따라 사중의 이런저런 일이 많아 강원의 입장만 고수할 수 없는, 사중에 관한 일을 판단해야 할 중요한 사안이 있었다.

입승의 몫이기에 매우 부담스러웠다. 궁리 끝에 축구하는 중간에 냅다 헛발질을 했다. 다행히 병원에서 힘줄이 늘어났다는 진단이 나와 그 길로 깁스를 하고 내리 1주일을 입원했다. 예언이나 한 것처럼 그 기간에 일이 원만히 해결되어 별다른 판단을 하지 않아도 되었다. 예전에 어느 정승이 반드시 참여해야 할 조회가 있었는데, 참석하자니 굉장한 부담이었고, 불참해서는 역사에 오명으로 남을 상황이었단다. 고심 끝에 당시 고려장이 유행하던 때인지라 남몰래 모시고 있던 연로한 부친에게 상의를 드리니, 조회 시간에 다다라 집에서부터 급하게 말을 몰고 가라고 했단다. 아닌 게 아니라 자연스레 말에서 떨어져 부상을 입고 모면했다고 한다. 해서 그 후로 '고려장'까지 폐지하고 어른을 공경하게 되었다고 하는데, 학창시절 국어 선생님의 말씀이 어렴풋이 생각나 적다 보니, 아마도 그때의 교훈이 유효하지 않았나 싶다.

일반 선원에서는 입승이라 하지만 총림에서는 열중悅衆으로 불린다. 법을 세우기보다는 대중의 뜻을 잘 헤아려 일을 원만히 처리함으로써 기쁘게 해 준다는 뜻이다. 방장스님을 위시한 여러 어른스님이 많아서 그렇지 싶다.

결국 대중이 화합하도록 하는 소임인 것이다. 이 어찌 '승가'만의 일이겠는가. 요즘 안팎으로 어수선한 분위기인 것 같다. 어떻게든 상대의 허물을 들추어내려고 한다. 그렇다고 내 허물이 묻히겠는가. 정업난면定業難免이라 했다. 지은 업은 면하기 어렵다는 것이다. 잠시 자신의 허물이 가려질지는 몰라도 반드시 과보가 있다는 것이다. 부처님도 전생의 일로

말이 먹어야 할 음식을 공양했으니 말이다.

통도사 일주문 앞 양쪽으로 세워진 돌기둥에 새겨진 문구가 있다. 방포원정상요청규方袍圓頂常要淸規 이성동거필수화목異姓同居必須和睦. 가사를 입고 삭발한 승려는 항상 청규를 지켜야 하며 각성바지(성이 각각 다른 사람)가 모였으니 반드시 화목해야 한다는 뜻이다.

바깥이 혼란스러운 이 때, 선원에서의 입승과 열중 소임자들이 안에서 법을 잘 운용하여 대중을 기쁘게 할 뿐만 아니라, 그 덕화와 정진력이 밖의 만인에게 뻗쳐 조화롭고 훈훈한 사회가 되는 데 도움이 될 수 있도록 간절히 기도해 본다.

옷 손질 위한
풀 쑤는 소임

19

마호 磨湖

선원에서 옷을 손질할 때 필요한 풀을 쑤는 소임이 마호磨湖다. 열흘 또는 보름에 한 번 납자들이 삭발하는 날 풀을 만드는 중판(중간 승랍)의 소임이다. 이날은 이른 아침부터 무명이나 광목으로 된 승복에 풀 먹이는 일 때문에 다들 분주하다. 많이 치댈수록 풀은 잘 먹는다. 어찌나 다들 열심인지, 큰 함지박에 넣어 한참 주무르고 높이 들어 힘껏 내치는 광경을 만약 사정을 잘 모르는 사람들이 본다면 스님들이 무슨 불만이 있어 저러나 싶을 것이다.

해 뜨기도 전에 빨랫줄에 일렬로 널어 둔 '풀 먹은 승복들'의 풍광은 한마디로 장관이다. 장대에 끼워 널어놓은 윗옷

(동방)은 멀리서 보면 마치 허수아비 같다. 바지는 두 가닥 빨랫줄 사이에 거꾸로 매달아 널어놓는데, 가능하면 속이 비어 천이 달라붙지 않게 하는 것이 기술이다. 승복을 입는 스님들의 취향에 따라 풀의 농도가 달라지는데, 어떤 납자는 풀 먹인 옷의 물을 짜지 않고 그대로 널었다가 입기도 한다.

승복에 풀을 먹인 날 오후는 아침보다 더욱 부산하다. 오후 내내 뻣뻣하게 마른 승복에 물을 뿌려 우격다짐하듯 접어 밟는데, 그때 사그작사그작 소리가 마치 우박이나 소나기 퍼붓는 것 같다.

지난 2000년 기기암에서 하안거를 지낼 때, 당시 좌차座次는 상판이었지만 9명이 정진하는 작은 선원의 특성상 마호 소임을 맡게 됐다. 30도가 넘는 찜통 같은 더운 날이 잦아 짜증이 날만도 한데 지대방(절의 큰방 머리에 있는 작은 방으로 이부자리, 옷 또는 지대 따위를 두는 곳)에서는 웃음소리가 끊이질 않았다. 구참인 감원(산내 암자의 주지) 스님은 여러 납자를 외호했지만 이번 철만큼 웃음이 넘치는 적은 없었단다. 건너편에서 들려온 웃음소리에 재차 혼자 웃기도 했다며 즐거워했다. 부끄럽게도 특히 나의 웃음소리가 컸던가 보다. 웃음소리로 인해 덕담과 경고를 받은 적도 있었으니. 해인사 선원에서의 일이다. 어느 날 한 납자가 "스님은 뭐가 그리 좋아서 웃음소

리가 도량 끝까지 들려요?"라고 물었다. 그곳은 지대방과 정진하는 큰방이 꽤나 떨어져 있는데도 웃음소리가 그곳까지 들렸던 모양이었다. 그래도 별다른 허물이 되지는 않았다.

그러나 송광사에서는 달랐다. 웃음소리가 너무 크다며 소임자로부터 주의와 경고를 들어야 했다. 어쩌면 그것은 도량의 분위기인 듯싶다. 해인사는 도량에 들어서는 순간 누구나할 것 없이 기상이 넘쳐 웬만큼 튀어서는(?) 두각을 나타낼 수 없지만, 송광사는 16국사가 배출된 도량이라 그런지 전반적으로 조용하고 차분한 분위기이기 때문이다.

선원에서 첫 철을 지내게 되었을 때 무명과 광목으로 된 승복을 가장 먼저 챙겼다. 여가 시간을 보내기에 이보다 더 좋을 것이 없으리라는 생각이었다. 또한 납자의 참선하는 기상이 정갈하고 빳빳하게 풀 먹여 손질한 옷과 조화를 이룬다고 생각했기 때문에 깨끗하게 손질해서 입고 싶었다. 그러나 쉽지가 않았다. 그냥 풀 먹여 밟고 다림질하면 될 거라는 생각이었는데, 모든 것이 어설프기만 했다. 주위 납자들 중 아무도 거들거나 알려 주지 않았다. 그저 지켜 볼 뿐이었다.

승가에는 자상한 교육으로 이루어지는 일이 있는가 하면 스스로 보고 들어서 터득하게 하는 일이 있다. 그것을 학귀자득學貴自得이라고 한다. 배움이란 곧 스스로 터득함을 귀중

하게 여기는 것이라는 말이다.

풀 손질을 세 번쯤 하고 나니 요령이 조금씩 생겼다. 그제야 주변에서도 하나씩 일러 주어 확실하게 익혔는데, 덕분에 그 철의 신참스님들에게 요령을 전수해 주는 호사好事를 했다. 그 해 여름이 무더웠는데, 나에게 전수받은 신참스님이 구참스님의 옷까지 손질해 드려 무척 화기애애한 분위기가 되었다.

삭발하는 날에 비가 오면, 간혹 쑤어 놓은 풀이 죽(?)이 되기도 한다. 그때 그 안타까운 마음은 말로 다 표현할 수가 없다. 부처님이 도와 주셨으면 하는 마음이 더더욱 간절해진다.

해우소 청소하는
소임

21

정통 淨桶

　화장실을 사찰에서는 해우소解憂所, 곧 근심을 해결하는 곳
이라고 부른다. 참으로 멋진 표현인 것 같다. 그래서 들어갈
때와 나왔을 때가 다르다 했나 보다. 근심이 있을 때와 풀어
졌을 때의 심정은 사뭇 다르기에 생긴 말인 듯싶다. 그 곳 청
소하는 소임을 선가에서는 정통淨桶이라고 하는데, 통을 늘
깨끗하게 해야 한다는 의미다.

　대개 중판(중간 승랍) 소임으로 궂은일임에도 불구하고 자
원하는 납자가 많아 행복한 고민일 때가 있다. 사실인즉 힘
들고 궂은일일수록 대중복大衆福을 더 많이 짓게 되고 개인의
업(?)까지도 더욱 다스려진다는 믿음이 있어 그렇다.

언젠가 순천 선암사에서 감상한 해우소는 남달랐다. 한때 유명한 여배우가 그곳에서 청소하는 장면을 촬영했다는데, 아름다움이 스며서인지 정갈한 느낌이 일상생활을 해도 될 듯싶었다. 산 넘어 송광사의 해우소는 더욱 인상적이다. 아직도 재래식 일명 '푸세식'으로 도량 중심부에 자리하고 있는데도 냄새가 별로 없다. 도량 주위를 정리하고 건조시킨 풀과 타고난 재를 모아 수시로 그 위에 덮기 때문이다. 그러나 똑같은 내용물이라도 스님들이 사용하는 곳과 일반인이 사용하는 곳과는 자못 차이가 있다. 굳이 향내(?)를 비교하진 않겠다.

통도사에서 행자 생활을 할 때 들었던 일화다. 불과 몇 해 전의 일이었단다. 수계에 임박한 한 행자가 당시 주지스님을 은사로 정하고자 여러 번 찾아뵈었단다. 그때마다 거절을 당해 어찌할 방도를 찾던 중, 하루는 주지스님께서 해우소에 들르시는 것을 목격하고 번뜩 생각이 떠올랐단다. 마침 해우소 바로 앞에 냇가가 있었는데, 가서 큰 돌을 골라 들고 옆 칸으로 들어가서는 냅다 아래를 향해 던졌단다. 풍덩!

"무슨 일인가?"

"상좌上佐(스승의 대를 이을 여러 승려 가운데에서 가장 높은 사람) 가 되겠습니다!"

그렇게 은사와의 인연을 맺었단다.

1993년 하안거에 해인사에서 정통 소임을 봤다. 흔히 소임을 '했다'라는 표현을 하는데, 불가佛家에서는 대부분 '봤다'라는 말을 많이 한다. 경전을 공부하고도 경을 '봤다'라고 한다. 그것은 모든 일을 행위로 보기보다는 무엇을 자각하고 깨닫는다는 의미에서 그렇지 싶다.

예전에 해인사의 해우소는 유명했단다. 하도 깊어, 일 년 전에 일을 봤는데 떨어진 소리를 듣지 못했다는 웃지 못 할 과장된 일화가 있다. 다행히 선원은 수세식이었다. 며칠을 지내며, 큰일을 봐도 물을 내리지 않는 칸이 있다는 사실을 알게 되었다. 여러 날 그런 것으로 보아 깜빡한 것이 아닌 듯

싶었다.

혹자는 말한다. 길옆에 볼일 본 이에게는 그나마 양심이 있어 무어라 말할 수 있어도 길 한복판에 볼일 본 이에게는 말도 건네지 말라는, 한마디로 볼 장 다 봤을 때는 어찌할 수 없다는 말이겠다.

정말 그랬다. 저절로 드러난 사건의 전말은 이렇다. 결제가 시작되었는데 한 납자가 뜬금없이 '양배추'에 대한 예찬을 이곳저곳에 하고 다녔다. 주기적으로 매일 먹으면 어느 순간부터는 '황금색 변(?)'을 보게 된다는 것이었다. 그 뒤로 여러 스님들이 수시로 다각실에 모여 된장에 양배추를 찍어 먹는 열풍이 불었다.

이 또한 선원의 한 풍속도다. 무엇이 어디에 좋다고 하면 우르르 모였다가도 어디에 별로라고 하면 순식간에 언제 그랬나 싶을 정도로 한산해 진다. 귀가 얇아서라기보다는 단순함, 순수함 때문이리라.

어느 날 그 납자는 함께 정진하는 스님들을 향해 말했다.

"해우소에 엄청 큰 구렁이가 똬리를 틀고 있습니다."

말을 끝내고 그 납자를 따라 나섰다. 덩달아 몇 발자국을 걷던 나는, 순간 아차 싶었다. 말없이 멈췄다. 예상한 그대로였다. 큰일을 봐도 물을 내리지 않는 칸! 동행한 스님들은 시쳇말로 똥 본 셈이 됐다. 어쨌든 보고 온 스님들 말에 의하면, 어떻게 그렇게 일을 보았는지 마치 진짜 구렁이가 똬리를 틀고 있는 것 같은 모습이 너무나 예술이었단다. 말 그대로 황금 알(?)을 낳은 사건이었다.

<u>22</u>

축구

승려가 '축구'라니 영화의 한 장면일 듯싶다. 허나 사실이다. 매년 가을이면 학인스님들이 총집합하는 '전국 학인 학술 대회'가 개최된다. 체육행사도 겸한다. 그중 가장 인기 있는 종목이 축구다. 특히 해인사 학인스님들은 대대로 다른 종목은 열 일 제쳐 두고라도 축구만큼은 우승해야 한다는 자부심이 대단한데, 도량의 기상에서 오는 박력인 듯하다.

한때 월드컵 바람이 불 무렵, 승가에서도 축구를 한다고 하면 신선한 충격이 될 것이라며 어느 연예인이 보시금을 내어 해인사 운동장을 말끔하게 정리해 주었다. 덕분에 한 여름에는 야간 경기까지 할 수 있게 되었다.

체육 행사에 대해서는 일부 강원에서 이견이 있었다. 승려가 운동하는 것도 그렇거니와 더구나 체육복을 입고 운동장을 뛰는 모습이 위의威儀에 맞지 않는다 하여, 승복을 입은채 경기하는 조건으로 참석하는 강원이 있었다. 송광사였다. 위의에 남다른 자부심이 있는 도량이기에 당연했다.

예전에 통도사의 한 노스님은 몸소 앞장서서 축구 바람을 일으켰단다. 이유인즉 당시 산불이 자주 났다고 한다. 이렇다 할 장비가 없던 때이기에 수시로 동원이 되었는데, 그때마다 기동력은 물론 체력이 너무나 달렸단다. 조속한 산불진압을 위한 하나의 방편이었단다.

1993년 하안거를 해인사에서 지내면서 꽤나 축구를 했다.

납자들이 축구한다는 것은 극히 이례적인 일로, 뒤늦게 안 사실이었지만 그 철만큼은 그럴만한 연유가 있었다. 해인사는 연례적으로 동안거와 하안거에 전 대중이 정해진 날짜에 1주일씩 용맹정진을 해왔다. 그때마다 죽비로 인한 시비가 왕왕 생겼는데, 바로 앞 철 동안거에는 심각할 정도로 문제가 불거졌다는 것이다.

용맹정진이 며칠 째가 되면 여러모로 민감해지는데, 때마침 어느 납자의 죽비 경책에 한 학인스님이 반항하듯 달려들어 경책하던 죽비를 낚아채 보란 듯이 즉석에서 두 동강 내 버렸다. 이 사건이 발단이 되어, 강원과 선원 간의 집단 알력으로 비화가 되었다. 가까스로 수습이 되었지만 선원에서는 그에 대비라도 하듯 전국에서 내로라하는, 공인된 운동과 실전(?)에 몇 단이 되는 납자들을 의도적으로 방부 받았다고 한다.

그 결과 기라성 같은 양산박(?) 납자들을 만나볼 수 있었다. 발이 손보다 빠르다는 '번개 스님', 누구와 견준다 해도 자신 있다는 힘이 그 어깨에 뭉쳐 어깨가 으쓱한 '어깨 스님', 열 명이 넘는 젊은이를 상대해서 이래저래 처리하고 두세 명은 남겨 뒀다는 '깡패 스님', 웬만한 일에는 눈 깜짝하지 않으며 기가 꺾여본 적이 없다는 '깡 스님', 한때 암흑가를 주름잡

앉다는 덩치가 크고 평소 방귀가 잦은 '방귀 스님', 특수부대 출신으로 120kg까지 들어 올리는 '역기 스님' 정통 무술을 전수받았다는 '고수 스님' 등 40여 명 납자 중 줄잡아 과반 정도가 웬만한 별호 하나씩은 갖고 있었다.

"국수 만들 줄 알면 수제비는 문제없다."는 말처럼, 덕분에 선원 내에서 짱짱한 두 팀이 청, 백으로 나눠 축구를 할 수 있었다. 나는 늘 수비수였다. 일찍이 강원 생활 5년 내내 갈고 닦은 실력을 맘껏 발휘했다. 난다 뛴다 하는 납자들이 내 앞에서 걸리거나 헛발질로 넘어지는 일이 많았다. 확실한 '풀백'을 인정받았다. 얼마 전에 당시의 한 납자를 만났는데, 대뜸 나에게 "통뼈 스님!"이라고 외치듯 말했다. 많은 납자를 넘어뜨려 내게 붙여진 별호였다.

근래 그 시절 납자들을 간간이 맞닥뜨리는 일이 종종 있다. 개중에는 그 힘만큼이나 열심히 정진하여 상당한 중책 소임을 맡고 있는 스님도 있다. 어쭙잖게 지난 일을 끄집어냈다가는 무안만 당할 것 같아 그저 가벼운 웃음으로만 인사하는 경우가 있다. 소이부답笑而不答이다.

안거 중에 맞는
'약간의 자유'

23

반 철 산행

안거를 시작해서 한 달 보름에 이르면 '반 철'이라고 한다. 그때가 선원에서는 가장 절정이라고 할 수 있다. 어른스님의 '반 철 법문'이 있을 때는 간혹 그간의 정진에 대해 중간 점검하는 의미에서 거량이 이루어지기도 하며, 겸해서 포살법회(대중이 정기적으로 함께 모여 계목-계의 조목-을 외우고 참회하는 대중 참회의식)도 동시에 거행된다. 포살은 그동안 총림을 중심으로 실시되었는데, 지난해부터는 종단宗團적으로 '결계 포살'을 하는 관계로 전반적으로 각 본사에서 시행되고 있다.

그 중에 납자들이 가장 고대하는 것은 '반 철 산행'이다. 처소와 소임자에 따라 그때만큼은 '약간의 자유'가 허용되기 때문이다. 허나 그로 인해 문제가 생기면 냉혹할 정도의 생활을 각오해야 하므로 '자유를 절제하는 미'가 있다고도 하겠다.

문제는 날씨다. 관행적으로 날이 정해져 있어, 하안거에는 비를 만나는 일이 허다하다. 보통 어간 쪽 스님들은 위험한 빗길이 걱정스러우니 산행을 미루면 어떻겠냐고 권고하신다. 하지만 대부분의 납자들은 일단 마음을 낸 일이니 그대로 하자고 한다. 그리고 대부분의 경우 대다수 납자들의 의견 쪽으로 결론이 난다. 이것이 선원의 정서다. 마음을 일으켰으면 어찌됐든 일단 실행하는 것이 납자들의 생활 방식이다. 납자뿐 아니라 승려 생활에 있어서도 마찬가지다. 단순함과 텅 비어 있는 상태가 몸에 배어 있어 그렇지 싶다.

1996년 동화사 선원 하안거 반 철 산행 때의 일이다. 이른 아침부터 비가 내렸는데, 30여명 스님들이 마음은 있지만 선뜻 나서거나 주선하지는 못하고 있었다. 게다가 어간의 스님 몇 분이 다음으로 미루자는 당부까지 하시자 분위기가 엉거주춤해졌다. 그럴 때는 중판(중간 승랍)에서 갈래를 치는 것이 상례다. 상판은 주선했다가 자칫 체면이 서지 않을 경우에 난처할 수 있고, 그렇다고 하판이 나서기에는 정서상 부담스럽기 때문이다. 그만큼 중판의 역할에 따라 분위기가 좌우되

는 수가 있어, 애초 방부할 때 인원과 비율을 잘 배분해서 받는다.

그 원리는 세속에서도 같은 이치이지 싶다. 허리, 곧 중산층이 튼실할 때 전반적으로 안정적인 사회가 된다. 요즘의 뒤숭숭한 상황도 중산층이 허약한데서 오는 도미노 현상이 아닐까 싶은 생각이 든다. 바라건대, 이런 시기일수록 각자의 역할에 충실하여 부디 잘 헤쳐 나갈 수 있기를 발원한다.

그때 마침 내가 그러한 역할을 해야 할 승랍이었다. 이렇다 할 비옷이 없는 상황에서, 커다란 쓰레기봉투 한 움큼을 들고 지대방으로 갔다. 봉투에 세 개의 구멍을 뚫어 머리와 양팔을 넣고, 밀짚모자를 썼다. 모양새가 그럴싸했던지, 납자들이 하나 둘 따라하더니 금세 산행할 채비가 되었다.

다행히 출발한 지 30여분이 지나면서 비는 그쳐 무난히 산행을 했다. 다음날 삭발을 하고, 그 이튿날에 조실스님의 '반철 법문'이 이어졌다. 법문 중간에 한 납자가 질문했다.

"지금 흐르는 저 시냇물 소리를 제가 듣고 스님도 들으시는데, 무슨 차별이 있습니까?"

이어서 또 다른 질문을 하자, 조실스님의 답변이 이러했다.

"옥상가옥屋上架屋일세!"

선원 입구의 문 양쪽 기둥에 '입차문내 막존지해入此門內 莫存知解'라는 주련柱聯이 있다. 선문禪門에 들어서는 순간 모든 알음알이를 내려놓으라는 뜻이다. 중국의 조주趙州 스님은 내려놓을 것이 없으면 짊어지고 가라 했다는데, 그런 속뜻을 담아 말씀하신 것이 아니었을까 짐작해 본다.

그때를 돌이켜 보면 어느덧 강산이 한 번 변하고 몇 해가 지났다. 궁금해서 방함록을 뒤져보니 당시 질문했던 납자는 그 후에도 줄곧 빠짐없이 등재되어 있다. 이번 안거에는 어느 처소에서 정진하고 있는지 자못 궁금하다. 지금이 바로 반 철인데, 지난날 그 열의로 이참에 '탁!' 터지는 거량이 이루어져 반 철로 공부를 마친, '반 철 납자!'라는 소식이 들려왔으면 좋겠다.

적멸에 들다

<u>24</u>

입적 入寂

    승려의 운명殞命을 대체로 입적入寂이라고 한다. 적멸寂滅, 곧 번뇌가 사라진 평온한 경지에 들어갔다는 것이다. 그래서 수행과 덕을 갖춘 신망 있는 원로스님의 타계를 그렇게 이른다.

    얼마 전 우연한 기회에 사찰에서 오랫동안 소임을 보았던 연로한 거사님과 자리를 했다. 지금까지 40여 년 불교와 인연을 맺고 지내면서 가장 가슴에 '확' 와 닿는 법문을 들었다고 했다. 다름 아닌 평소 자주 뵙는 노스님의 법회였단다. '열반' 곧 적멸을 '백팔 번뇌가 사라진 절대적인 자리'라고 정의하시는 것에 감동 받아 더욱 존경스러웠다고 했다. 나 또한 이튿날 법회가 있어 그 감동을 그대로 전했다.

    2003년 봄에 서암 노스님을 필두로 2004년 봄까지 연이

어 덕망 있는 노스님의 잇따른 입적이 있었다. 서암, 청화, 월하, 서옹, 관응 노스님이었다. 당시 법주사 강원에서 강사 겸 학감 소임을 보았는데, "무슨 큰 상주라도 되나요?"라는 선배스님의 빈축을 들으면서도 학인스님들을 데리고 영결식에 참석했다. 굳이 상주가 아니라도 종단의 원로스님이기에 당연히 참석해야 한다는 소신이었다.

1996년 하안거 동화사 선원에서의 일이었다. 안거 중간에 조계 총림 송광사 방장이신 승찬 스님이 입적하셨다. 당연히 선원에서도 참석하리라 생각했는데, 영결식 날짜가 임박해도 아무런 기별이 없었다. 언뜻 귓결에 조실스님의 허락이 없어서 그렇다는 납자들의 얘기가 들려왔다. 순간 열기(?)가

뻗쳤다. 마당 한복판에 서서 외치듯 말했다.

"이 다음에 여기 조실스님 입적하시면 나는 오지 않겠습니다. 어떻게 앞장서서 독려해야 할 분이 한 말씀도 없으셔서야 되겠습니까?"

울림이 꽤나 컸었나 보다. 소임자스님이 즉각 상의를 드렸던지 채 한 시간도 지나지 않아 참석한다는 공지 사항이 있었다.

무유정법無有定法이라고 했다. 정해진 법이 없다는 것이다. 법을 무시하라는 말이 아니다. 순간순간 이루어지는 일이면서도 틀에 벗어나지 않는, 때론 무모한 듯해도 모나지 않은 파격이 납자의 매력이 아닐까 싶다.

당시 승랍이 중판으로 정통 소임을 보고 있어 대중 앞에 나서기가 조심스런 상황이었다. 지금 생각해도 쭈뼛하리만큼 만용에 가까운 패기였지 싶다.

1992년, 송광사 율원에 있으면서 여름수련회 습의사(의식을 습득시키는 역할)를 맡았다. 중간에 당시 방장이신 승찬 스님을 모시고 수련생과의 문답 시간을 가졌다. 한 수련생이 "북한의 김일성은 저렇게 나쁜 짓을 하는데 어찌 벌 받았다는 말이 없습니까?"하고 물었다. 당황스러우면서도 조마조마한 마음에 긴장이 됐다. 그러나 승찬 스님은 기다렸다는 듯 바로 말씀하셨다. 마침 밖에는 비가 내리다 그친 상태였는데 문 밖의 대나무를 가리키며 이르시기를, "내가 누군가에게 저 대나무 밑으로 가서 흔들어 보라고 시킨다면 누가 물을 뒤집어쓸까요?"하고 말씀하셨다. 정작 현장에서 물을 맞는 이는 대나무를 흔든 사람일 테지만, 시킨 사람인들 과보가 없겠느냐는 부연 설명에, "아!"하는 탄성이 절로 나왔다.

다음날 수련회 마지막 밤에 수련생과 스님의 대화 시간이 마련되었다. 순번대로 몇 분의 스님이 질문에 답을 하고 내 차례가 왔다. 몇 가지 질문에 대답을 한 뒤, 대략 문답이 이루어 진 것 같아 마이크를 내려놓으며 100여명의 수련생들에게 말했다.

"말주변이 없어 대신 노래를 한 곡 하겠습니다!"

일찍이 없었던 돌출 발언에 수련생보다도 스님들이 더 난감한 표정이었다. 나는 아랑곳하지 않고 노래를 시작했다. "…사랑도 놓고 미움도 놓고 얽히었던 정도 놓고 마음 걸망에…" 이어 자청해서 한 곡 더 했다. "…스님의 옷자락에 매달려 눈물을…"

회향하는 날 앞에 앉은 몇 분의 거사님이 말씀하시기를, "어디 가서 그 노래 하지마세요. 우리 많이 울었습니다!"

덕분에 노래 실린 테이프가 경내 서점에서 동이 났단다.

'덤으로 얻은
음력 한 달'

25

윤달

　요즘 윤달로 인해 여러 행사가 많다. 그 중에 '예수재預修齋
(사후에 극락왕생하기 위해 미리 재齋를 올려 공덕을 쌓는 의식)'가 중
요한 불사다. 언젠가 불교방송에서 전화 상담 시간에 "왜 절
에서 예수의 제사를 지내나요?"라는 청취자 질문에 자상하
게 설명해 주는 것을 들었다. 가뜩이나 종교 간 갈등으로 불
미스런 일이 종종 일어나는데 어떻게든 대립하지 않고 훈훈
해졌으면 좋겠다.

　더불어 '삼사순례三寺巡禮(세 곳의 절을 돌며 부처님께 참배하고
공양하는 일)'와 '가사불사袈裟佛事(가사를 짓는 일)'가 빠질 수 없
는 행사다. 지난날의 잘못은 물론이고 앞으로 있을 잘못에

대한 참회가 통한다는 윤달이고 보니, 순례하는 불자들로 법당이 빼곡한 날이 많다. 가사불사는 얼마 전까지만 해도 살림이 큰 사찰로부터 편수(도편수)스님을 초청하여, 맞춤형 주문으로 제방의 스님들을 위한 몫까지 여유 있게 지었는데, 그때 스님들의 법복과 인연을 맺고자 동참하는 보살님들이 많았다. 근래 종단에서 일괄적으로 통일된 가사를 하고부터 그러한 정취가 사라져 왠지 뒷맛이 남는다.

선원에서는 안거 기간에 윤달이 들면 처소에 따라 달리 운영된다. 대개는 석 달을 정해 안거를 하지만 드물게 넉 달을 하는 곳도 있다.

어느 구참 납자로부터 들은 일화다. 하안거에 윤달이 있는 해였다고 한다. 해당 선원장 스님을 뵈었는데 윤달이 있어서 한 달 늦게 결제를 시작한다고 하시기에, 그럼 그때 방부하기로 언약했단다. 기약한 날짜가 되어 곧장 지대방으로 들어가 걸망을 풀고 승복을 정리하여 벽에 척 거는데, 한 스님이 방으로 들어와 뜨악한 표정으로 "어떻게 오셨나요?"하고 묻더란다. 이에 당연하다는 듯 "결제하려요!"하고 대답하였는데, 알고 보니 결제한 지 이미 한 달이 지났다 하는 것이 아닌가. 무색하여 도처로 알아보던 중, 다행히도 때마침 그날부터 시작하는 처소가 있어 가까스로 이동하여 안거를 성만

했다고 했다.

서운하거나 허탈하지 않았냐고 물었더니 그저 담담한 마음이었단다. 마음을 일으켰다가도 바로 거둘 수 있는 구참 납자의 여유와, 그만한 일은 자연스레 제접하는 선원장스님의 정진력에서 오는 스님 간의 신뢰와 정이 느껴졌다.

1994년, 송광사 선원에서 산철 결제를 마치고 백양사 운문암에 방부하러 갔을 때의 일이다. 당시 걸망 하나에 선원에서 필요한 모든 것을 담았다. 나의 왜소한 체구를 거대한 걸망이 거의 덮다시피 한 그 모습을 보고, 30여 명 모인 납자들이 이구동성으로 걸망지고 온 성의만으로도 방부가 결정될 것이라고 했다. 하지만 결과는 낙방이었다.

그보다 1년 전, 백양사 산내 암자 운문암에 가을 산철을 어렵게 방부했었다. 6명만 들 수 있는 자리였는데, 서옹 노스님을 모시고 정진하고픈 열기로 제방에서 무려 24명의 납자들이 몰렸다. 나의 승랍이 채 10년이 되지 않았으므로 결과는 자명한 일이었다. 해서 원주院主(절의 사무를 주재主宰하는 사람)를 자원하여 안전하게 입방을 했다. 문제는 그 다음이었다. 구참 납자 한 분이 용상방을 정하는 날 갑자기 오시는 바람에, 큰방에서 정진하지 못하고 후원에서 지내야만 했다. 또, 이참에 대중들 공양이라도 넉넉하게 시봉해야겠다는 생

각으로 하루가 멀다 하고 연신 시장을 보았는데 달포(45일) 만에 해제하고 결산을 해 보니, 내가 원주로 있는 동안 평소 예산보다 배에 가까운 재정을 지출했단다.

그 일로 인해 사중에서는 앞으로 나를 방부들이지 않기로 이미 얘기가 되어 있었단다. 그런 줄도 모르고 지난해 소임을 본 인연이 있으니 당연히 방부가 되리라 믿었던 나는, 이듬해 당당하게 방부를 구하러 다시 운문암으로 갔다. 결국 30여 명 중 5명 남짓의 탈락자 속에 포함되는 수모(?)를 당하고 말았다. 순간 막다른 생각이 일어, 무엇이든 들고 가서 구들장이라도 뒤엎을까 싶었다. 그러나 번뜩 스치는 생각이 있었다. '언젠가 또 올지도 모르는데 그때 번듯하게 오리라!' 그랬다. 그 일이 있은 지 10년 후에 백양사 강원 강주로 부임했다.

어느덧 지난 일을 회상하고 반조返照할 수 있는 여유가 생겼으니 나 자신이 구참이 되어가는 것인지, 혹 이제야 철(?)이 드는 것은 아닌지 문득 생각해 본다.

얼음장같이 냉정하라

<u>26</u>

정 情

인정농후도심소人情濃厚道心疎라 했다. 수행자가 정에 너무 치우치거나 끌려 다니면 정진하는 마음이 소홀해질 수 있기에, 얼음장 같은 마음으로 냉정冷靜을 유지해야 한다는 것이다. 출가 후 행자 시절에 대하는 「초발심자경문」에 나오는 경책이다.

납자라면 굳이 크게 경계하지 않아도 되는 경책이라 하겠다. '말 없음' 속의 '마음 챙김' 공부에 매진하는 과정에서는 자연스레 냉정하고 위엄 있는 모습이 될 수밖에 없기 때문이다. 어쩌면 그러한 모습이 납자의 표상이고 수행자의 한 단면이라 할 수 있겠다.

그러나 정진의 끈을 놓을 땐 얘기가 달라진다. 그래서 수행은 고행이면서도 여리박빙如履薄氷이라고 한다. 수행이라는 것이 마치 살얼음판을 걷는듯하여 고행은 그렇다 치고 날이 갈수록 조심스러워지며, 경계해야 할 일이 많아진다는 의미다. 대표적인 예가 '정'이다. 이성간의 정, 그리고 또 다른 의미에서의 정을 나는 '일상생활 속에서 공감하는 이해력과 신뢰감'이라고 정의하고 싶다.

1996년 하안거를 동화사 선원에서 성만했다. 선원에서는 대체로 해제 3일 전에 죽비를 놓으면 비교적 자유로운 시간이 주어져, 때로는 객기를 부려도 웬만하면 풀로 진흙을 덮듯 넘어간다. 특히 해제 바로 전날 밤에 자자自恣, 곧 그간 정진하면서 대중에게 자신이 주었을 불편 혹은 자신의 허물을 스스로 대중 앞에 드러내어 참회하는 의식을 마치면 사실상 해제이다.

강원 시절 꽤나 어울려 객기를 부렸던 스님과 함께 정진했다. 졸업하고 각기 다른 처소에서 정진한 지 강산이 반쯤 변했을 때 다시 만났다. 그 시절의 정서(?)는 여전했다. 누가 먼저라 할 것 없이 자자 의식을 마치기가 무섭게 둘은 마을로 향했다.

그간 회합하지 못했던 5년 동안의 곡차를 그날 밤 몽땅 들이켰지 싶다. 다음 날 기억이 없었다. 그 스님은 난데없이 머리에 반창고를 붙이고 있었고, 나는 큰방이 아닌 이부자리, 옷 또는 지대 따위를 두는 지대방에서 겨우 몸을 추스르고 일어났다.

들고 보니 밤새 일어났던 일이 가관이었다. 스님이 정신이 들어 눈을 뜨니 별이 보이기에 웬일인가 싶어 일어나려 했는데, 옴짝달싹할 수 없었다고 한다. 몸이 길 옆 수로에 끼어 있더란다. 머리의 상처는 언제 생겼는지도 모르겠단다. 일찍이 강원 시절 둘이서 객기를 부리면 늘 챙겨주던 스님이 그 지경이 되었으니 지난밤이 어땠을지 짐작하고도 남았다.

사실 나는 더 볼 만 했다. 눈을 뜨니 납자 서너 명이 무언가 부산하게 정리하고 있었다. 마을에서 먹었던 내용물을 보란 듯이 지대방에 다 토한 모양이었다. 더 큰 문제는 바닥뿐 아니라 여러 벌의 승복에 게워냈다는 것이었다. 여느 승복이 아니었다. 해제하면 입고 가려고 풀해서 다림질해 놓은 '해제복'이었다. 그 사실을 까마득히 모르고 지냈는데 그로부터 삼년 후 정혜사 선원에서 만난 납자로부터 당시의 상황을 듣고 알았다. 당시 그런 사고를 쳤음에도 다음 날 이렇다 저렇다 꾸지람 없이 해제를 했으니, 한 결 같이 정이 넘쳤던 때였지 싶다.

그 일이 있은 지 4년 후 2000년, 은해사 기기암에서도 비슷한 일이 있었다. 그 해 여름은 30도가 넘는 무더운 날이 많아 오후에는 종종 자유정진을 했다. 해제를 보름쯤 앞둔 어느 날, 문득 시원한 맥차(맥주)가 생각나 오후 자유정진 시간을 틈타서 마을로 내려갔다. 몇 잔 들이키고 올라왔는데, 다음 날 소임자로부터 대중들의 정서를 들었다. 자유정진 시간이라 해도 '원칙'에 어긋난 행위였단다. 곧장 참회했다. 대중 앞에 스스로 허물을 드러내 참회하는 발로참회發露懺悔였다. 해제 때까지 보름 동안 거의 얼굴을 들지 못했다.

습기를 버리지 못하고 마냥 '정'으로 여겼던 일이 '원칙'이라는 말에서는 여지없이 무너졌다. 다행히 2004년 봉암사에서 1년간 산문 출입을 금하고 정진한 후로는 '반칙'할 일이 없었다.

신심은 도의
근원이자 모체

정진력 精進力

대중 생활을 하면서 선배스님과 노스님으로부터 많이 듣는 말이 '신심信心'이다. 몸이 아프거나 뜻하지 않은 장애로 힘들어 할 때도 '신심이 부족해서'라는 말을 듣는다. 같은 의미로 납자에게 그러한 일이 생기면 '정진력精進力'이 부족해서'라는 말을 한다. 그래서 『화엄경』의 한 게송에서는 신위도원공덕모信爲道元功德母라 했다. '신심은 도의 근원이며 공덕의 모체'라는 것이다.

그간의 생활을 돌이켜 보면 너무 와 닿는 말이다. 한때 오후 불식(하루에 아침, 점심 두 끼 공양)을 하면서 6개월 가까이 16시간씩 정진했을 때와 일종식(하루에 한 끼 공양)으로 3개월

여 거의 날밤을 새가며 정진하던 시기에는 몸에 이렇다 할
병이나 별다른 장애가 없었다. 일상에서 뜻하지 않은 일을
접할 때면 이 모든 것이 정진력이 부족한데서 비롯된 것이
아닌가 하고 돌아보게 된다.

최근의 일이다. 4년 전 백양사 강원 강주로 부임하여 3년
여 동안은 강원의 대중적인 일로 달리 고민할 일이 없었다.
허나 이후로는 간간이 크고 작은 일들을 겪으면서 한 단체의
수장으로서 도의적인 책임을 통감하게 되었다. 해서 지난 연
말에 짐을 쌌다. 주변의 상황보다도, 정진으로 쌓인 힘이 다
해서 일어난 일이라는 생각이 들어 자책감과 자존심으로 결
정한 일이었다. 덕분에 뜻하지 않은 생활로 고된 수행을 톡
톡히 했다. 짐을 싼 지 100일쯤 되어 마음의 갈등이 올 무렵,
마침 이곳 선운사 강원 강주로 부임하면서 그 어느 때보다도
설레던 때였다.

호사다마好事多魔라 했던가. 부임 초기부터 부스럼 비슷한
피부병을 앓았는데 대수롭지 않게 여겨 방치했더니 온몸으
로 번졌다. 몹시 가렵고 괴로웠다. 어떤 때는 그 부위를 그대
로 칼로 도려내어 들어냈으면 하는 생각까지 들었다. 한번
잠이 들면 새벽 도량석 목탁 소리를 듣기 전까지는 좀처럼
잠에서 깨는 일이 없었는데, 한밤중인 12시에서 1시 사이에

깨는 날이 허다했다. 그야말로 '환장換腸'이란 말을 이해할 것 같았다. 심지어 뒷산 바위(?)에 올라가고픈 생각마저 들었다. "몸의 병을 양약으로 삼으라."는 말도 그저 공염불로 들릴 뿐이었다.

절실한 마음으로 병원을 찾았지만 특별한 원인을 모르겠다고 했다. 그보다 의사 선생님과 첫 대면을 하고 그 분의 대단한 신심에 신선한 충격을 받았다. 순간 병에 대한 생각보다도 그간의 정진이 부끄러웠다.

돌아온 날, 생각했다. 단순한 피부병으로 치부할 게 아니라 게으름을 피워서 온 '나태병'이라는 나름의 진단을 하고, 진정한 참회와 정진을 하기로 다짐했다. 그날부터 한밤중에 잠에서 깨면 좌선을 했고 틈나는 대로 절을 했다. 어느 날 자심을 하고 오후 내내 절을 했더니, 온몸이 땀으로 범벅이 되었는데 심신이 씻은 듯 개운했다. 신기하게도 다음 날 병원에서 크게 호전되었다는 진단을 받았다. '각별한 진료' 덕에 치료가 된 모양이었다.

출가인이라면 한번쯤 겪게 되는 회의와 갈등의 순간이 있는데, 대부분 정진에 대한 아쉬움이 클 때와 아플 때다. 정확히 20년 전의 일이다. 통도사에서 강원을 졸업하고 도반스님과 단 둘이서 『화엄경』을 공부하던 도중 꼬박 일주일을 몸 져

누웠다. 공교롭게도 한 여름이었다. 팔을 제대로 들어 올리는 것조차 힘이 들 만큼 몸이 좋지 않았다. 다행히 주위의 지극한 간호로 회복을 했다.

문제는 불현듯 밀려온 막연한 회의감이었다. 다행히 당시 범어사에서 강백이신 각성 스님의 특강에 일주일 동안 참석하였는데, 첫 강의를 들으며 그간의 공부는 공부가 아니었다는 감동을 받고 새로운 각오를 했다. 어쩌면 지금의 이 자리도 그날 감동한 공덕이 아닐까 싶다.

요즘 일상에서 크고 작은 일들이 생길 때면, 주위의 허물을 찾기보다는 그것이 '정진력의 부족에서' 오는 것은 아닌지 새삼 돌아보게 된다.

<u>28</u>

방광 放光

　부처님의 '법 광명'과 깨달은 이의 '심광心光'을 펼쳐 중생의 마음을 열어주는 것을 방광放光이라고 한다. 반면 정진 중에 잘못된 경계에 끌려 범상치 않은 말과 행동을 할 때도 납자들은 '방광'이라고 부른다. 그와 비슷한 현상으로 공空에 빠져 헤어나지 못하는 상태를 본래 뜻과는 달리 낙공落空, 또는 무기공無記空이라 말하기도 한다. 어쩌다 그런 납자를 대했을 땐, 열심히 정진하다 '까딱' 한순간에 그랬을 것이라는 생각에 안타까운 마음과 함께 바로 잡아 줄 선지식을 만났더라면 하는 아쉬움이 생긴다.

　1993년 하안거에 해인사 선원에서 있었던 일이다. 바로 앞 철 동안거에 강원과 선원 간에 이런저런 알력이 있었기에, 상황을 제압(?)하려는 차원인지 하안거에는 제방에서 난다 뛴다 하는 납자들이 대거 몰려들었다. 그러니 선원에서의 꽃이라 할 수 있는 반 철 산행은 그 어느 때보다도 활기차 보였다. 40여 명의 납자들이 산행을 가게 되었는데, 거기에 난데없는 변수가 생겼다. 뜬금없이 낯선 비구니스님이 동행하게 되었다. 한 납자가 도량에서 만나 지나는 말로 반 철 산행하는 날인데 같이 가겠느냐고 했는데 선뜻 응하더란다.

얼마를 걸어서 넓은 공터에 이르러 장기자랑을 겸한 야유회가 열렸다. 사회자의 호명에 따라 각자 소위 자신의 18번을 한 곡씩 하였는데, 어찌 그렇게 다들 실력들이 좋은지 노래 중간에 탄성소리가 절로 나왔다. 나는 특히 "얼마나 사무치던 그리움이냐 밤마다 너를 찾아…"하는 노래가 그리 절절하게 가슴에 와 닿을 수가 없었다. 일찍이 최고의 명문대라고 하는 S대 그것도 경영학과를 졸업했다는 그 납자의 구슬프고 애절한 노래에, 모두가 감동하여 기립 박수를 치며 연신 '재창'을 연호했다. 그러나 그 납자는 다른 곡이 없다며 거절했다.

예전에 어지간히 음치인 선비가 있었단다. 한 곡 해야 할 자리에 설 때마다 여간 부담스럽지 않아 궁리 끝에, 어느 날 마음을 다잡고 시조 한 곡을 정해서 그 곡만 열심히 연습했더란다. 마침내 자리가 되어 전과 달리 당당하게 한 곡조 뽑으니, 속도 모르고 한 자락 더하라고 난리였단다. 선비도 그것으로 끝이었단다. 그래서 "시조가 단발"이라는 말이 생긴 거라 한다. 아마도 그날 그 남자의 노래 솜씨로 볼 때 그만한 감정과 감동을 이끌어 낼 수 없을 바엔, '부추김'에 넘어가기보다는 '절제의 미'로 갈무리하려 하지 않았겠나 싶다.

분위기가 한창 무르익어갈 즈음, 아무도 대항할 수 없는, 40여 명 남자들을 압도하는 광경이 벌어지고 있었다. 알고 보니 동행한 비구니스님의 춤 실력이 신들린 듯 대단했던 것이다. 춤에 대적은커녕 모두가 넋을 잃고 바라만 보았다. 그때였다. 사회자가 나를 호명하는 것이 아닌가. 앞으로 나아갔다. 그리고 지체 없이 비구니스님을 불러 옆에 나란히 서고는, 와락 끌어당겨 입을 맞췄다. '와!'하는 함성과 함께 일부 남자들은 당사자보다도 더 황당한 표정을 지었다.

어찌된 일인지 이후로 그 스님은 얌전해졌다. 산행을 마칠 무렵에는 단정히 차려 입고 훌쩍 떠났다. 이내 그 스님의 행적이 드러났다. 당시 20년이 조금 넘는 승랍이었다. 그동안 열심히 정진하다 몇 년 전에 문득 '경계'에 부딪혀 그때부터 무애행에 가까운 만행을 하던 때였단다. 그 일이 있고 나서

얼마 지나지 않아 제자리에 돌아갔고, 이전과 같이 정진하고 있다는 소식을 들었다.

산을 내려오니 어간스님의 노파심이 담긴 한 말씀이 있었다. 나는 대답했다. "이번 일은 공식적인 일이었기에 아무 문제없습니다!" 다른 한편에서 이런 소리가 들려왔다. "배짱 한 번 두둑합니다!"

그 날의 일은 한동안 선원 지대방의 화제가 되었지만 별 문제는 없었다. 그러나 2년 후(1995년) 율원에 입학할 때 그 일로 인해 약간의 홍역(?)을 치러야만 했다. 내가 '방광'이라 했다.

29

걸망 죽비

선원을 상징하는 것은 단연 '죽비'다. 대략 '정진용'과 경책용'으로 구분된다. 정진용에는 입승스님이 사용하는 죽비와 큰 방에서 지전 소임자가 사용하는 '예불용'이 있다. 경책용 또한 어른스님이 납자를 경책하기 위한 장군 죽비와, 용맹정진 시에 납자들이 순번대로 경책할 때 사용하는 장군 죽비가 있다. 나무로 만들기에 목공소에서 별도로 주문하여 제작한다. 해인사가 그렇다. 동안거와 하안거 때 연례적으로 하는 용맹정진에 앞서 대중이 목공소에서 주문한 장군 죽비를 미리 선원과 강원에 보내 경책하는 요령을 사전에 연습한다. 대나무와 달리 유난히 잘 부러져 충분한 양을 준비한다.

2000년 은해사 기기암 선원에서 하안거할 때의 일이다. 대중 가운데 제방에서 소문이 자자한 일명 '죽비 납자'와 함께 정진했다. 그런 별호를 얻게 된 연유가 있었다.

1990년대 중반 범어사 선원에서 하안거를 지내는데 그해 여름 난데 없는 태풍으로 많은 대나무가 쓰러진 것을 목격하고, 순간 아까운 생각이 들어 죽비를 만들었으면 하는 마음이 불현듯 일었단다. 이렇다 할 경험도 없이 무작정 시작했는데, 마침 몇몇 납자들이 동참하여 하나 둘 의견을 모았더니 어느덧 번듯한 죽비가 완성되더란다. 해서 쓰러진 대나무를 몽땅 수습해 죽비를 만들어 100여 곳 가까운 선원에 공양을 올렸는데 그 후로 '죽비 납자'로 불리게 되었단다. 그것을 '신심信心'이라고 한다. 어찌 보면 막무가내인 듯싶이도 불가

의 일이라는 것이 확신만 있으면 반드시 좋게 매듭짓게 되는 것이다.

'죽비 납자'는 그 후로도 계속 죽비를 만들었는데, 만들기에 앞서 대중들의 주문을 받았다. 대부분 장군 죽비를 원했는데, '걸망 죽비'라는 이름이 붙었다. 평소에 조그만 죽비를 걸망 속에 넣고 다니며 늘 정진의 마음을 잃지 않으려 노력하겠다는 취지란다. '죽비 납자'를 따라 대부분의 납자들이 동참하여 만들기 시작했는데 다들 생각보다 무척이나 어렵다며 혀를 내둘렀다. 그저 가운데를 쪼개서 끝을 동여매면 되는 것으로 여겼었는데 너무나 많은 공정이 있음을 지켜보면서 큰 무색함을 느꼈던 것이다. 뿌리 채 캐는 일은 그렇다 쳐도 쪼개고 찌고 말리고 다듬고 끈으로 동여매기까지의 과정을 거치는데 한 철(석 달) 가까이 걸렸다. 무색함을 느낄 만했다.

무엇보다도 중간에 쉼 없이 햇볕에 말리고 다듬는 정성을 거쳐 마지막 두 쪽을 정확하게 맞추는 일이 가장 어려워 보였다. 그랬다. '죽비 납자'의 얘기로는 그간 수백 개의 죽비를 만들면서 마음에 쏙 들었던 죽비가 드물었단다. '걸망 죽비'라는 말이 생소하면서도 정겨웠다면서 나에게 '걸망 죽비' 하나를 건넸다. 다행히 여느 대나무보다도 재질이 좋아 만들고 나서도 매우 흡족했다며 기뻐하기에 나도 더욱 감사한 마음으로 받았다.

지난 해 가을 그간 지극한 후원을 받았던 노비구니스님의 영결식을 주관한 적이 있었다. 애초에 화장을 하기로 잠정 결정했다가 갑자기 전통 다비식으로 변경이 되어 난감한 상황이 되었다. 만장이 문제였다. 엉겁결에 그간 보아온 대로 대략적인 재료를 준비하여 만들게 되었는데, 처음엔 어설프던 것이 시간이 지날수록 척척 맞아 떨어지고 여기저기서 의견이 모아져 순식간에 100여 개 넘는 만장이 완성되어 여법한 영결식이 되었다. 신심이 있기에 가능한 일이었으리라.

해제다. 심정 같아서는 한 걸망 챙겨서 그동안 연락이 뜸했던 도반을 찾아가 근황과 정담을 나누고 산행도 하고, 그저 발길 닿는 대로 만행길에 오르고 싶은 마음이다. 그런데 웬일일까. 그러한 심정을 제 삼자의 입장에서 바라 볼 수 있게 되었으니, 행여 공부가 익은 것인지 그렇잖으면 정진에 대한 열의가 조금은 식은 것은 아닌지 모르겠다.

모처럼 그동안 꽁꽁 챙겨 두었던 '걸망 죽비'를 끄집어내어 쳐 봤다. 새삼스럽다. 걸망 하나면 부러울 것이 없었고 정진에 대한 자부심만으로도 뿌듯해 하던 때를 되돌아보았다. 그래, 오늘은 그 때를 생각하며 이 죽비를 벽에 걸어두고 새겨 보련다!

30

만행 萬行

수행의 전반적인 과정을 통틀어 만행萬行이라고 한다. 결국 만행이란 수행자에게 일어나는 모든 것을 말한다. 하지만 동시에 그렇게 포괄적인 의미보다는 해제 때 걸망지고 제방을 유행하는 것이 더 익숙한 표현일지도 모르겠다. 해서 결제는 정진이요, 해제는 만행이라는 관행이 마치 등식처럼 인식되어 온 모양이다. 예로부터 결제 철에 자칫 만행을 했다가는 공양 대접은커녕 심할 경우에 대중들로부터 몰매를 맞아도 하소연할 수 없다 하여 이것이 승가의 풍습처럼 전해져 오기도 하니 말이다.

1991년 초가을, 통도사 강원에서 꼬박 5년을 공부하고 하안거 해제를 하면서 참선할 각오로 걸망을 졌다. 조금은 막막한 심정이었는데, 때마침 강원에서 함께 공부하고 먼저 납자가 된 스님을 우연히 만났다. 출가 전 꽤나 운동을 하여 두려울 것이 없다던 스님이었다. 1980년대 중반에 수계를 하고 잠시 은사스님을 모시고 있을 땐데, 이따금 불전함佛錢函이 손(?)을 타기에 정황을 파악해 보니 마을의 젊은 사람들이었단다. 어느 날 장소를 정해 밤에 한번 보자고 했더니, 10여명 가까운 청년들이 나왔더란다. 한꺼번에 떼 지어 덤빌 태세인지라 순간 일대일로 상대하는 것이 장부답지 않겠느냐고 했더니 한 명씩 덤비더란다. 결국 발차기에 능했던 스님이 다섯 명쯤 상대하고 나니 전체가 무릎을 꿇더란다. 이후에는 청년들이 사찰을 내 집처럼 살펴 주었다고 한다.

강원 시절 꽤나 어울려 익숙했던 터라, 가타부타 할 것도 없이 둘은 무작정 길을 나섰다. '산 따라 물 따라'였다. 비포장도로를 걷던 시절이었는데, 시골 인심이 훈훈하여 공양도 제때에 해결이 되었다. 그러다 한번은 화순 운주사에 참배를 하게 되었다. 마침 공양할 시간에 낯이 익은 비구니스님이 신도들과 참배를 와서 자리를 펴며 공양을 준비하고 있었다. 반가운 마음에 어디서 뵌 것 같다는 인사말을 건넸다. 그러나 그쪽의 반응이 의외였다.

　"부모미생전父母未生前의 일이겠지요!"

　대답을 듣고 한 명은 멍했고, 또 한 명은 얼굴이 달아올
랐다.

　출가 전부터 지금까지 조심스럽게 대하는 글이 있다. 선사
나 고승들의 선문답 내지 법담을 나눈 글이다. 행여 기질 상
어설픈 흉내를 내지는 않을까 해서다. 그래서 지금도 특별
히 강의 준비할 때를 제외하고는 거의 읽지 않는 편이다. '부
모미생전 본래면목父母未生前 本來面目'이라 함은, 아무리 풀씨
하나에 수미산이 들어있는 것이 불가에서의 가르침이라 하
더라도 그리 쓸 수 있는 것이 아니다. 다른 스님의 정진에 대
해 함부로 왈가왈부하는 것은 수행이 부족한 납자의 모습이

다. 하지만 당시에는 순간의 당혹감을 감추기 어려웠던 듯 싶다.

비구니스님은 이내 아무 말 아니했다는 듯이 자연스레 공양을 차려 주었다. 기로였다. 굶느냐 폭발(?)하느냐! 웬일인지 그 납자는 꾹꾹 누르는 표정이긴 했지만 아무런 말이 없었다. 내가 넌지시 수저를 들으니 따라 들었다. 그렇게 공양을 마치고 도량을 한참 벗어나서 납자가 한마디 했다.

"스님의 수저 드는 모습이 아니었더라면……."

순간 식은땀이 났다.

스님과 일주일을 함께 하면서 아슬아슬하리만큼 가슴 졸이는 때가 종종 있었다. 하지만 가슴은 졸였을지언정 난처한 일은 단 한 번도 벌어지지 않았다. 각자 만행길을 나설 때에 이르러 덕담 쉰인 말을 했다.

"스님 때문에 몇 번 참았습니다!"

그 납자는 지금 예전에 은사스님을 모셨던 내로라하는 사찰의 주지 소임을 맡고 있다. 늘 정의감에 불탔고, 평소 주머니 속 콩 한쪽도 베풀기를 좋아하던 스님이었다. 줄곧 선원에서 정진한 공덕이 아닐까 싶다.

며칠 전 만행 온 납자들과 차담을 나눴다. 선원에서 같이 정진했던 납자 두 명과 낯모르는 비구니 납자 세 명이었다.

다들 모처럼 납자가 된 기분에 취해, 저녁 때 시작된 차담이 다음날 새벽녘까지 한 말 물통을 다 비우고서야 자리가 파했다. 비구니스님들은 승랍이 30년 이상 된 분들이셨는데, 지금까지 내리 선원에서만 정진했다는 말을 듣고 매우 공감했다. 자리 내내 납자의 기상과 정진이 몸에 배인 모습에 "구참 납자!"라는 말이 절로 나왔다. 하지만 그 말이 부담스럽다며 극구 사양했다. 납자다웠다. 그날 "부모미생전의 일이겠지요!"했던 비구니스님과는 사뭇 다른 모습에 그때의 감상을 일순간에 보상받은 기분이었다.

선원 지대방은 '차방'

31

차 茶

선원의 지대방은 차방茶房이라고 해도 지나친 말이 아닐 것이다. 작설차, 뽕잎차, 보이차, 오룡차, 그리고 커피. 분위기에 따라서는 보지도 듣지도 못했던 차들이 등장할 때가 있다. 사중에서 기본적으로 마련해 주는 차가 있고, 그 외 나머지는 대중들이 자발적으로 보시하는 것이 미덕처럼 내려왔다.

결제가 되면 대부분의 납자들이 본인용이든 대중을 위한 보시용이든 한 가지 차쯤은 준비해 온다. 어쩌다 분위기가 익으면 마치 차 품평회라도 열듯 '차판'이 벌어지는데, 접하기 어려운 보이차나 이름 모를 귀한 차들도 간혹 맛볼 수 있

149

다. 자연스레 차에 대한 정보도 교환되는데, 다수의 대중에게 믿음 있는 차로 당첨되면 그 즉시 즉석에서 주문이 무섭게 이루어져, 해제비에 맞춰 예약하는 일이 벌어지곤 한다. 거기에 입소문까지 더해지는 날엔 해당된 찻집은 일순간에 대박(?)을 맞기도 한다.

스님들의 위력은 대단하다. 아주 어렵게 시작한 어떤 도가(도자기 굽는 집)에서 간간이 지나는 스님들께 다구茶具를 보시했단다. 그러다 보니 언제부턴가 스님들이 신도들을 동행하여 도가에 들르게 되었고, 그렇게 하나둘 구입하다 보니 단번에 유명세까지 타게 되어 지금은 범접하기 어려울 만큼 이름 있는 도예품이 되었단다. 굳이 도력道力까지도 아닌 위력만으로 바람을 일으킨 것이다.

맛으로 얘기할 수 없는 귀한 차가 있다. 구참 납자의 눈에 띄지 않게 말없이 지대방에 갖다 놓았으니, 정이 듬뿍 담긴 차라 하겠다. 그 차는 여느 차와는 비교조차 할 수 없고 맛으로 평할 수도 없는 최상의 맛이다. 그것은 곧 드러나지 않는 소통의 방법이기도 하다. 그 차로 인해 자연스런 분위기가 형성되어 상, 하판이 한자리에 하게 된다. 따로 자리를 마련하지 않아도 그 자리에서 구참 납자의 지난 날 정진한 경험과 일화, 그리고 격려와 당부를 들을 수 있다. 또한 납자들

간의 의견 교환이 자유로워진다. 별다른 격식도 없다.

처음 선원에 갔을 때의 일이다. 그간 강원에서 이렇다 할 차를 마신 적이 없어, 찻잔을 대하고는 단숨에 입에 털어 넣었다. 갑자기 주위의 시선이 내게 쏠렸다. 한 납자가 말했다.

"웬 차를 술 마시듯 한 입에 드시나요?"

당돌하게 말했다.

"그럼 한 모금도 안 되는 차를 어떻게 쉬어 가면서 먹을 수 있나요?"

어쩌다 그때의 일이 생각날 때면 살포시 웃음을 머금곤 한다.

지금은 그런대로 차 마시는 일이 익숙하여 대접하는 것도 자연스럽다. 그러나 과거에는 그렇지 않았다. 출가하고 행자 생활한 지 6개월쯤 되었을 때 은사스님을 잠깐 시봉하였는데, 차 끓이는 것은 물론 커피 타는 요령이 너무 없어 곤욕스러웠다. 어느 날은 당신이 드실 커피를 타오라 하셨다. 커피 양을 가늠할 수 없어 공양하는 수저로 두 숟갈을 퍼서 타다 드렸다. 한 모금을 채 넘기지 못하고 버럭 말씀하셨다.

"양을 얼마나 넣었나?"

"두 수저요!"

"저런 미련한!"

차로 인해

자연스런 분위기가 형성되어

상·하판이 한자리에 하게 된다.

일주일을 넘기지 못하고 교체되었다. 그때의 미흡했던 시봉을 조금은 보상해 드릴 기회가 왔다. 2000년 봄, 갑작스런 교통사고를 당하셔서 꼬박 보름 동안 날밤을 새면서 간병해 드렸다. 미흡했겠지만.

지난 주 방부하기 어렵다고 소문난 일명 '메이저급' 선원을 찾았다. 납자를 외호하는 몇몇 소임자와 차담을 나누면서 요즈음 선원의 상황을 엿볼 수 있었다. 차 문화에 큰 변화가 있었다. 대부분 납자들이 차가 아닌 커피를 즐겨 찾는다는 것이었다. 차를 끓이는 번거로움 때문에 간편한 커피를 찾는다는 것이었다. 단순히 기호의 문제가 아니다. 차를 끓이는 자리에서는 상, 하판 간의 자연스런 교감이 이루어지는 분위기가 형성될 수 있지만, 커피는 느낌이 조금 다르다. 개별적인 자리가 될 가능성이 있는 것이다. 단순한 정서 변화의 문제가 아니라, 아름다운 풍습으로 여겨 왔던 소통의 문화가 줄어들게 될 것 같은 마음에 안타까웠다. 이전의 정서가 회복되기를 기대해 본다.

공안公案을
말로 표현

32

화두 話頭

공안公案을 말로 표현한 것이 화두話頭다. 이야기 화, 머리
두. 하나의 의미로 정의내리기 어려워서인지 보통 두頭는 해
석하지 않는다. 공안은 예로부터 1700여 가지가 있다. 부처
님 말씀은 팔만사천법문이라고 했으니, 1700공안이면 1700
법문이라 해도 될지 모르겠다. 그렇다면 팔만사천 대 천칠백
이니, 화두는 극히 제한적이고 특수한 경우에 해당된다고 봐
야 할 것이다. 그러나 1700인의 깨친 선사가 등장하는 것을
생각해 보면, 단지 숫자만으로 판단할 일은 아니리라.

1991년 초가을, 선원의 첫 걸음을 내딛게 된 조계 총림 송
광사에서의 가을 산철 결제였다. 지금 생각해 봐도 그때는

어찌 그리도 무모했던지 아무런 화두도 없이 선문禪門에 들어섰다. 다행히 당시 방장스님께서 화두가 없는 납자를 제접해 주셨다. 20여 명 납자 중 다섯 명이 화두를 받기 위해 인사를 드렸다. 4명의 납자에게 일사천리로 하나씩 정해 주시고 드디어 내 차례가 되었다. 나는 조금 긴장한 채로 강원에서 공부하고 이제 막 입문했다고 말씀드렸다. 내 말이 끝나자마자 스님께서 큰 소리로 한 마디 하셨다. "무無!" 그렇게 처음 화두를 접했다.

이내 좌복에 앉아 화두 참구에 들어갔다. '무! 무! 무!' 속으로 세 번을 외치고 나니 무無 자가 무無가 되어 더 이상 참구가 되지 않았다. 때는 가을인지라 모기는 또 왜 그렇게 극성맞던지, 독이 오를 대로 올라 화두 참구는커녕, 모기를 어떻게 쫓으면 좋을지에 대한 심각한 고민에 빠졌다. 가뜩이나 약한 피부라 한번 물리면 툭 불거져 여간 신경 쓰이는 것이 아니었다. 이마나 머리에 물렸을 땐 마치 혹이라도 난 것처럼 되었다. 하지만, 그렇다고 쫓거나 잡는 시늉을 하기에는 너무나 자존심(?)이 상했다. 명색이 첫 철 납자로 입문하였는데 모기나 쫓고 앉아 있다니. 그건 '한 소식' 하겠다는 각오로 임하는 자세가 아니었다. 더구나 바로 옆 좌복에 앉은 납자를 방해하고 싶지도 않았다. 생각했다. 장고 끝에, '모기와

한판 하는 것도 괜찮겠다!'하는 생각이 들었다! 적중했다. 모기에 대한 생각을 멈추자 모기 물린 곳이 가라앉는 게 아닌가. 신기한 체험을 한 기분이었다. '마음을 내지 않으면 이럴 수도 있구나!'하는 소박한 체험을 했다.

그 뿐만이 아니었다. 모기와 한판(?)한 뒤로 몇 가지 일들이 더 이어졌다. 어느 정도 마음이 정리된 다음부터는 마음속으로, '서울 대전 대구 부산 찍고!' 안 가본 곳이 없을 정도로 전국을 누볐다. 이어 온갖 불사佛事(불가에서 행하는 모든 일)

를 다해 보았다. 총림 몇 곳은 지은 듯싶다. 게다가 도인이란 도인(*도인 생활을 말씀하시는 건지)은 다해 보았다. 생각에 생각이 꼬리를 물고 이어져 어디로 가는지조차 모를 지경이었다. 그렇게 꼬박 한 달쯤 되어 산철 결제가 끝나갈 무렵, 거짓말처럼 더 이상 생각할 것이 없게 되었다. 무엇이 되었건, 억지로라도 생각해 보려 했지만 생각할 것이 없었다. 그제야 어렴풋이 와 닿는 것이 있었다. '이래서 화두가 있어야 하는구나!'

그해 산철 결제가 끝나기 무섭게 곧장 영축 총림 통도사 방장이신 월하 노장님을 찾아뵈었다. 참선하는 데 준수해야 할 제반 사항과 경계해야 할 일들에 대한 자상한 말씀을 들었다. 두 시간 가까이 경청을 하고 화두를 받았다. 또다시 무無였다. 하지만 한 달 전의 그것과는 너무나 느낌이 달랐다. 그래서 화두는 반드시 믿음과 신뢰가 있는 분으로부터 받아야만 확신을 갖고 참구할 수 있다는 생각을 하게 되었다. !!!

우연한 기회에 수련회에 온 재가자들을 위한 참선 강의 요청을 받았다. 그간의 경험과 정진하는 나름의 요령에 대해서는 그런대로 얘기해 줄 수 있었다. 그러나 화두에 관해서는 조심스러웠다. 해서 "화두는 반드시 신뢰할 수 있는 분으로부터 직접 받으시라."는 말로 대신했다.

문득 화두에 대해 다시금 생각해 본다. 굳이 부모미생전父母未生前까지는 아니어도 화두 바로 이전은 과연 무엇일까? 이참에 부처님 경전이 팔만사천의 화두가 되어 모두가 '한 소식'씩 한다면 그간의 1700공안은 고칙枯則이 되고, 신칙新則인 팔만사천공안이 새로 탄생되지는 않을까? 발원하리라!

3부

물처럼 구름처럼
걸림 없이

참선하는 납자

33

선객 禪客

참선하는 납자를 선객禪客이라고 한다. 글자대로라면 참선하는 나그네다. 왜 하필 나그네에 비유했을까? 나그네는 정처 없이 자유로이 떠다니듯 지내는 것이 멋이겠다. 해서 납자도 나그네처럼 걸림 없이 주유천하周遊天下하면서 어느 곳에도 매이거나 집착하지 말고 정진하라는 의미에서 그렇지 싶다. 나그네는 가을이 제 맛인가 보다. 나그네를 표현하는 수심愁心의 수愁는 가을을 연상시키기에 그렇다.

1991년 초가을, 비로소 나그네가 된 심정으로 걸망을 졌다. 그간 통도사 강원에서 꼬박 5년을 공부하고 선원에 간다고 나서긴 했지만 왠지 스산한 기분으로 조계 총림 송광사

가을 산철 결제에 방부를 했다. 며칠이 지나 선원 툇마루에서 우연히 저녁노을을 바라보았다. 장관이었다. 다음날부터는 그 정경에 매료되어 때에 맞춰 습관처럼 감상하게 되었다.

그렇게 1주일 가까이 지났을까. 여느 때처럼 아름답고 멋있는 노을을 감상하고 있는데, 순식간에 마음이 혼란스러워졌다. 이어 지독한 외로움과 고독감이 밀려왔다. 어떻게 마음을 추슬러야할지 갈피를 잡기 어려웠다.

차마 그 복잡한 심정을 얘기하지 못하고 굉장한 것을 발견이라도 한 듯, 주위에 노을이 너무나 멋있다고 말을 했다. 반응이 별반이었다. 어느 납자는 그저 빙긋이 웃었고, 한 납자는 어딘지 야릇하고 알쏭한 표정을 지었으며, 또 다른 납자는 이해라도 한 듯 고개를 끄떡였다. 다들 노을을 바라보며 비슷한 경험을 했다는 것인가? 그랬다. 일찍이 송광사에 다녀 간 대부분의 납자들이 그곳의 저녁노을을 감상하고는 홍역을 치르듯 헤맸단다. 일명 '모후산의 저녁노을'은 송광사 절경 중에 하나란다.

산철 결제는 한 달이었다. 그때는 그 기간이 어찌 그리 길게 느껴지던지, 일일여삼추一日如三秋란 말을 실감할 수 있었다. 이후 송광사에서 세 번을 더 살았다. 그 후론 더 이상 노을에 흔들리지 않았다. 경험자에겐 어쩔 수 없는가 보다. 간혹 주위에 감상에 빠진 이를 직감할 수 있다. 허나 조언할 수도 설명할 수도 없는 일이다. 내가 그랬듯이 본인만이 추스를 수 있는 일이기에.

때때로 출가인을 힘들게 하는 일들이 있다. 정진에 관한 일은 제쳐두고, 까딱 정에 흔들려 옷(?)을 바꿔 입을 기로에 서거나 외로움을 타는 경우다. 오래전 가까운 스님으로부터 들은 일화다. 어쩌다 젊은 여성과 눈이 맞을 뻔 했단다. 스님도 주체가 잘 안 되어 갈등하던 어느 날, 여성이 먼저 얘기하더란다.

"스님이 머리를 기르시겠어요? 아니면 제가 머리를 깎을까요?"

무슨 말을 할 수 없어 망설였더니, 한 달쯤 지나 다시 와서 하는 말이 "스님! 저 시집가요!"였단다. 여성을 놀려보내고 "휴!" 했단다.

누군가가 매정하다 느꼈던 적도 있다. 수계하고 곧장 강원에 입방하여 그 어렵다고 하는 '치문과정'을 함께 겪은 도반과의 일이다. 친숙하게 지낸 지 6개월쯤 지났을까. 둘은 자유 시간을 틈타 오붓한 외출을 다녀왔다. 다음 날 새벽 예불을 마치고 큰방에 와 보니 어딘가 휑했다. 도반스님이 말없이 걸망을 진 것이었다. 당시에는 황당하기도 하고 싸늘하리

만큼 서운한 감정이 앞섰다. 그 도반을 다시 만난 건 10년도 훨씬 지나서였다. 우연히 정류장에서 마주쳤다. 인사랄 것도 없이 주위에 많은 이들이 있었음에도 둘은 걸망을 진 채 한동안 부둥켜안았다. 이전의 일은 묻지 않고 잠시 나란히 함께 앉아 있다 각자 타야할 차를 탔다.

문득, 그때 그 시절이 그립다. 그리고 조금은 감상에 빠져본다. 그 도반은 잘 지내고 있을까. 그때는 참 마음껏 다녔다. 많은 이들과 만나고 헤어졌다. 그리고 많은 것을 보고 느꼈다. 특히 드러내지 않고 순수하게 정진하는 그때 그 도반과 같은 납자들을 보면서, '이래서 지금까지 불교가 유지되었구나!'하는 생각에 자부심을 느끼고 희망을 가지며 나 역시 더 맹렬히 정진에 임할 수 있었다.

지금도 이따금 노을을 감상하곤 한다. 마침 이곳 선운사는 바다가 가까워서 잠깐이면 백사장에 다다르니 노을에 흠뻑 젖어볼 수도 있다. 왜일까, 지난날의 감상이 아니다. 우선은 나그네의 심정이 아니다. 행여 지금의 자리에 안주하여, 이전의 맹렬했던 열정이 식은 것은 아닌지 되돌아본다!

<u>34</u>

출가 出家

 1985년 9월에 출가하였으니, 어느덧 24년 전의 일이 되었다. 출가하기 3일 전엔 난데없이 이전에 사귀었던 여자 친구에게 연락이 왔다. 이미 결심했던 터라 별다른 부담 없이 출가하는 날 오전에 읍내 찻집에서 만났다. 조그만 괴나리봇짐이 예사롭지 않았나 보다.

 "그 짐이 무슨 짐인가요?"

 "출가하는 짐입니다!"

 잠시 침묵이 흘렀다. 이어 조금 떨리는 목소리가 들려왔다.

 "다시 풀 수 없나요?"

 "장부의 결심인데 어찌 그리 할 수 있겠습니까!"

이번엔 나의 입술이 잠자리 날개처럼 떨렸다. 더 이상 밀고 당기는 말이 오가지 않았다. 밖으로 나왔다. 가을비에 우산 하나를 받쳐 들고 함께 읍내를 한 바퀴 돌았다. 시외버스에 먼저 태워 보내면서 그 쪽이 출가하는 듯한 착각이 들었다.

더 예전에 다른 여자 친구에게 보냈던 유명한 시인의 시구가 있었다.

'회오리바람이 그를 껴안을 기회를 갖다 주었어도 나는 끝내 그의 행복을 빼앗지는 않았다. 그의 행복이란 모든 것에 가난한 내 곁을 떠나는 것이었다.'

그 날, 마음으로 그 시구를 읽었다.

충남 공주에서 출발하여 저녁 늦게 낙산사에 도착하기까지 온종일 차창밖에 비가 멈추지 않았다. 그 비는 수계한 뒤로도 머물던 처소에서 다른 처소로 옮길 때면 거의 빼놓지 않고 만났다.

소개를 받고 출가했기에 일이 척척 진행되리라 믿었는데, 3일이 지나도 이렇다 할 일을 시키지 않았다. 마침 밭둑에 익은 호박이 즐비한 것을 보고, 짐 져 날라 다음날부터 굵기 시작했다. 내리 3일째 굵던 날 은사스님이 방을 정해 주시

169

며, "이렇게 하는 것은 여기서 살라는 거여!"라고 하셨다. 비로소 출가한 기분이었다. 이어 두 달 후에 삭발했을 때는 날아갈 듯한 기분이었다. 지금도 기억이 생생하다. 너무나 기뻐하는 모습을 보고 옆에서 말했다.

"삭발하면 대부분 눈물을 흘리는데……."

"눈물을 흘리려면 무엇 하러 출가 하나요?"

그 말은 오래가지 않았다. 행자 생활한 지 6개월 쯤 지났을까. 어느 날 저녁, 바다에서 떠오르는 달이 그렇게 장관일 수가 없었다. 불현듯 밀려오는 감정을 어떻게 주체해야 할지 몰랐다. 공교롭게도 그날 부목 처사님이 몇 년을 땅속에 묻어 두었던 단지(?)를 꺼내 사무실의 처사님들과 자리를 하고

있었다. 출가 전의 습이 발동되어 합석을 했다.

정신을 차렸을 때는 다음 날 점심 공양이 끝나갈 무렵이었다. 정작 장본인보다도 주위에서 더 걱정하는 표정이었다. 끝이라는 생각에 인사라도 드리고 떠나야겠다는 심사로 은사스님을 뵈었다. 의외였다. 되레 아픈 곳이 없느냐며 위로해 주셨다. 마음이 좀 놓인다 싶었는데, 그것도 잠시였다. 며칠이 지나니 은사스님은 물론 대중들로부터 왕따(?)를 당하는 것 같은 느낌이 들었다. 생각 끝에 자청하여 후원에 딸린 다락방을 택했다. 어쩌다 누가 와서는 30분 이상을 머물지 못하고 설레설레하며 내려갔다. 다섯 달 가까이 그 방에서 지내는 동안 참 많이 울었다. 그리고 사무실에서 읽을 만한 책을 거지반은 갖다 읽으며 마음을 달랬다. 지금까지도 그때 독서했던 덕을 보고 있으며, 이제껏 유지하는 것도 그때 그 경험이 바탕이 되지 않았나 싶다.

수계식에 임박하여 은사스님으로부터 불명이 정해지던 날, "행자는 앞으로 행을 조심해야겠어!"라고 하셨다. 그렇게 받은 불명이 선행禪行이다. 이후 10년 가까이 인사를 드릴 때면 "요즘도 한 잔 하나?"하며 걱정하셨다. 그러나 내겐 그때 그 일과 다락방에서 지낸 일, 그리고 그렇게 얻은 불명이 항상 커다란 교훈이 되었다. 늘 정진하며 다듬으라는 의미로

와 닿아 여러 처소를 옮겨 다니며 탁마했다. 선원에서 정진할 수 있었던 것도 그러한 인연이라 여겨져 감사하는 마음이 든다.

지금 사용하고 있는 법광法光은 2003년 전강식을 통해 법사스님으로부터 받은 법호다. 절묘한 느낌이 든다. 법을 펴더라도法光 늘 정진하는 자세禪行로 임하라는 경책으로 와 닿으며, 그간 1년여 낙산사에서 정기적인 법회의 법상에 오른 인연은 더욱 더 그렇다.

승가의
'공동노동'

<u>35</u>

울력 結社

　승가에서 일상적으로 이루어지는 노동을 통틀어 '울력'이
라고 한다. 그 일은 단순한 노동이 아니기에 흔히 "이마에 땀
이 나서는 안 된다."고 한다. 다분히 힘만 쓰기보다는 정진하
는 자세로 임하라는 의미다.

　대개는 각 처소별로(강원, 선원, 후원) 이루어지는 것이 대부분
이지만, 가끔은 사중 전체가 동원되는 '대중 울력'이 있다. 그때
는 대웅전 앞에서 운집 목탁을 친다. 예외가 없다. "죽은 송장
도 그때는 일어나야 한다."라는 말까지 전해져 올 정도이다.

　1991년 가을, 조계 총림 송광사에서 산철 결제를 할 때였
다. 하판으로서 차담을 담당하는 다각 소임을 했다. 당시 그

곳의 차담은 차와 식빵이 주였다. 식빵은 들통에 쪄서 냈는데, 대중들이 사시巳時 공양(오전 10시 전후에 부처님께 공양을 올리는 짓)을 마치고 돌아오는 시간에 맞춰 내야만 했다. 한번은 대중들이 도착할 시간이 되었는데 아무런 기척이 없었다. 기다리며 들통을 두세 번 점검하고 나니 대중들이 도착했다. 예정된 시간보다 30분이 지나서였다. 대부분 굳은 표정으로 불만 섞인 얼굴들이었다.

　송광사에서는 전통적으로 가을이면 깻잎을 따서 장아찌를 담아왔다. 그날 사시 공양 후에 대중 울력으로 큰절(本寺)로부터 1킬로 쯤 떨어진 밭에서 깻잎을 딴다는 발표가 있었단다. 기다렸다는 듯이 한 납자가 공표하는 동시에 불쑥 방장스님 쪽을 향해, "노장님께서도 울력에 동참하시나요?"하고 묻는 바람에 갑자기 분위기가 썰렁해지더란다. 내막은 이러했다. 일찍이 이전 방장인 구산 노장님께서는 울력이 있으면 언제나 가장 먼저 앞장서서 하셨단다. 하지만 지금 노장님은 평소 대중에게 울력을 맡겨놓으셨던 것이다. 노장님이 납자의 말을 듣고 역정에 가까운 어조로 이런저런 말씀을 하셨다고 한다. 사실, 그렇잖은가. 어린 아이도 남과 비교하면 짜증부터 낼 판인데, 어찌 그 노장님과 비교되는 것이 달가울 수 있었겠나, 싶다. 각기 어른스님의 살림살이 방식에 따른 차이인 것을.

발우 공양은 법도에 따라 하는 반면, 차담은 그렇지 않아 어느 정도 편안한 마음으로 긴장이 덜 하다. 하지만 그날 차담 분위기는 착 가라앉았다. 어쩌다 그 정황을 언뜻 알게 되어 어떻게든 분위기가 반전되었으면 하는 마음에, 대중들이 당시의 상황에 대해 얘기하는 중간에 자연스럽게 끼어들었다.

"어른스님은 절을 지키셔야죠!" 일순간 웃음이 터졌다.

그곳 선원은 여느 처소와는 사뭇 달리 땔감으로 불을 직접 지폈다. 그러자면 땔감인 장작울력을 정기적으로 해야 했는데, 보름에 한 번 삭발하기 전날에 했다. 선원에서의 울력은 또 다른 의미가 있다. 통상 울력 끝에는 자유정진이 주어진다. 정진 중간에 공백이 생기는 게 아닌가 싶어도 때로는 긴장을 완화해 주어 납자들 간에 화기애애한 시간을 만들어 준다. 해서 납자들도 내심 반기는 바다.

그러나 송광사는 16국사가 주석한 사찰답게 선원뿐 아니라 강원까지도 올곧은 정진에 대한 자부심이 대단해서 좀처럼 자유정진이 없는 편인 데다가, 딱히 선원 자체에 울력할 일도 적었다. 그 중에 장작 울력이 유일할 정도였다. 그날따라 장작 중에 건물을 철거하여 나온 것들이 많아 못이 박힌 나무가 꽤 되었다. 울력 중간에 한 납자가 못에 발을 찔렸다.

꽤나 아파 보였다. 한데 솔직히 말하자면 걱정해 주는 척하면서도 속으로는 '그러면 그렇지'하는 마음이었다. 당시 다각소임을 셋이 보았는데 그 중 한 납자가 선원에 먼저 왔다고 유세 부리는 듯한 인상을 받고 있다가 목격한 감상이었다. 그 납자는 보름여 산철 결제가 끝날 때까지 고생했다.

꼭 2년 전의 일이었다. 지리산 자락에 자리한 납자를 방문하러 운전하고 가다가, 방향을 가늠하지 못하고 비탈길에서 잠깐 멈추다 그만 3미터 가까운 절벽 아래로 차량과 함께 떨어졌다. 다행히 상처라고는 팔꿈치에 입은 가벼운 찰과상뿐이었다. 새삼 부처님 전에 감사 기도를 했다. 아마도 그때 못에 찔린 납자를 고소해(?)했던, 과보이지 싶다!

지난 잘못에 대해
용서 구함

36

참회 懺悔

지난 날 잘못한 일에 대해 용서를 구하는 것이 참회懺悔다. 자세히는 지난 날 잘못한 일을 반성하고(懺), 앞으로 더 이상 그러한 잘못이 없기를 다짐하는 것을(悔) 말한다. 승가에서는 보름마다 참회하는 포살布薩이라는 제도가 있다. 그때는 출가자뿐 아니라 재가자도 동참하여 의식을 같이 하기도 한다. 특히 선원에서는 전통적으로 해제하기 전날 자자自恣라는 의식을 통해 참회를 하는데, 대중 앞에 스스로 잘못을 드러내 참회하는 발로참회發露懺悔의 형식이다.

출가하여 더구나 산속에서 있어 봐야 무슨 일이 있을까 싶어도 가끔은 이런저런 일들이 벌어지곤 한다. 그러한 일이 지극히 승가 내의 일이라면 밖으로 드러내는 것을 경계한다. 그동안 개인적인 허물을 여러 차례 드러냈다. 이제는 개인적인 차원을 넘어 승가의 허물까지 드러내는 것 같아 넓은 양해를 구하고 참회하는 마음에서 제목을 이렇게 정했다. 단언하건대 어른스님의 덕화와 대중스님들의 정진력으로 나의 허물을 포용해 주신 것에 대한 감사한 마음과, 승가의 자부심을 말하고 싶었다. 그간 객기를 부렸던 일화를 얘기하면서 반성하기에 앞서, 당시의 분위기와 정서를 묘사하는 과정에서 미묘한 감정이 개입되어, 그로 인해 행여 마음 상한 납자가 있었다면 이 자리를 빌어서 참회하는 바다.

다시 아찔했던 과거사를 하나 더 이야기 해야겠다. 1988년 통도사 강원에서 공양주를 할 때였다. 내가 곡차를 한다는 소문이 돌고 돌아 방장스님 귀에까지 들어갔다. 자책감으로 소임을 보기 전에 법당에서 잠자는 시간을 이용하여 꼬박 이틀 동안 밤새워 참회기도를 했다. 『자비도량참법』이라는 책자를 놓고 했는데, 절하는 대목에서는 절을 하고 독송하는 대목에서는 무릎 꿇는 기도를 했다. 기도를 마치고 보름 가까이 무릎으로 고생을 했다. 아무튼 기도가 통했던지 6개월여 공양주 소임을 보면서 한 번도 밥을 태운 일이 없었다. 문제는 소임이 끝나갈 무렵에 있었다. 통도사에 20여 년 주석

하면서 한 번 졸업하기도 어려운 강원을 세 번 졸업하고 천일기도도 세 번이나 회향한 구참스님이, 공양주하는 모습이 너무나 마음에 든다면서 소문을 들었다고 곡차를 사주겠다는 것이었다. 마음껏 마셨다. 그리고 둘이서 사찰에 도착했을 때는 새벽 두 시 반이었다.

그날 밤 나의 하는 짓이 가관이면서도 밉지가 않아 지켜봤다는데, 당시 요사채와 후원 앞 함석으로 된 대문 앞에 멈추더란다. 잠긴 것을 확인하고는 뒷짐을 진 채 한쪽 발을 들어 '빵' 차면서 외치더란다. "이리 오너라!" 난데없는 소리에 주지스님을 위시한 소임자스님들의 방에 불이 켜지고 경비원은 문을 열어 주었단다. 이내 도량 마당 한복판에 서서 "다 나와!"하고 소리를 질렀는데 "그만 가서 자게나!"하는 주지스님의 점잖은 한 말씀에 말없이 지대방으로 가 잠들더란다. 다음 날 한낮, 눈을 떴을 때는 이미 구참스님만 어른스님께 불려가 질책을 받고 사태가 수습된 후였다. 다행히 강원에는 대중들이 전날 다른 사찰의 행사에 참석하여 돌아오지 않은 상태였기 망정이지 강원 대중이 있었다면 그 즉시로 들려서 쫓겨 날 일이었다.

그날 점잖게 타이르시던 주지스님은 현재 총림의 방장스님으로 주석하고 계신다. 옆에서 방조幫助(?)했던 스님은 몇 년째 무문관에서 정진 중이다. 부디 한 소식하여 이번엔 안에서 문을 박차고 나오는 날 나의 허물도 녹아지기를 간절히 발원한다. 다시 한 번 어른스님과 대중스님들께 그간의 은덕에 감사드린다.

솔직히 지금 이 자리는 설사 그런 허물이 있었다 해도 숨겼으면 숨겼지 굳이 드러내지는 말아야 할 자리인지 모른다. 말없이 있어야 그나마 체면이 설 자리일 것이다. 그런데도 세상 밖으로 드러내는 것은, 이따금 법회나 공식행사에 나서면서 일말의 양심을 느꼈기 때문이다. 진심으로 머리 숙여 참회한다.

37

가피력 加被力

　사람으로서 해야 할 도리를 다하고 나서 하늘의 섭리를 기다린다는 말이 진인사대천명盡人事待天命이다. 나아가 정성을 다한 노력이 있으면 하늘도 돌보아 준다 하는데, 불문佛門에서는 이를 가피력加被力이라고 한다. 절실한 기도와 정진을 하면 부처님의 위신력으로 불가사의한 영험을 체험하게 된다는 의미다. 그 체험이 은근히 나타날 경우엔 명훈가피冥薰加被라 하고 눈으로 확인될 때는 현증가피顯證加被라 한다. 일례로 특별히 경전을 많이 공부하지도 않았고 이렇다 할 언변도 없었는데, 지극한 원을 세운 뒤 100만 배 절을 하고 나니 변재辯才가 통하여 설법을 잘하게 되었다는 어른스님이 계시다.

참선에만 집중하는 이가 납자다. 그런 납자 중에도 가피력에 대한 확신과 영험을 체험하기 위한 기도를 병행하는 이가 종종 있다. 강원에서 같이 공부했던 스님인데, 지금까지 20여 년 기도와 참선으로 일관하고 있다. 일찍이 그 스님에겐 남다른 신체적 특징이 있었다. 머리 뒤쪽이 밭고랑같이 여러 갈래로 골이 패인데다가 머리카락까지도 억세어 삭발할 때면 여간 어려운 일이 아니었다.

내게도 약간 별난 데가 있다. 머리카락이 지나치게 부드럽고 피부까지 약해서, 출가하여 처음으로 은사스님께서 삭발해 주신 이후로 지금까지 줄곧 거의 혼자서 했다. 행자 때는 당시 지방 방송에 삭발하는 시연을 하고서, "예전엔 중이 제 머리 못 깎는다 했지만 요즘에는 문명의 이기로 혼자서도 삭발을 합니다."라는 멘트까지 했다.

삭발의 본 의미는 화합을 의미하기에 서로가 상대방에게 해주는 것이 어울린다. 더구나 출가해서 처음 하는 삭발은 굉장한 결심이 필요하므로, 특히 그때만큼은 혼자 삭발하지 말라는 뜻으로 "중이 제 머리 못 깎는다."는 속담이 있는 듯싶다. 물론, 처음엔 그 속담에 그런 의미가 담겨있는지 몰랐다. 어쨌든 스스로 다진 실력이 썩 괜찮아 그 스님뿐 아니라

간혹 삭발하기 어려운 스님은 나의 차지였다.

어느 날 그 스님 머리의 밭고랑이 감쪽같이 사라진 것을
보고 자못 놀랐다. 사연인즉, 참선한 지 사오 년이 될 무렵
갑작스레 상기上氣가 되었단다. 상기란, 기혈氣血이 머리 쪽
으로 치밀어 오르는 증상으로 숨이 차고 두통과 기침 증세가
생긴다. 한번 걸리면 무진 고생하여 납자가 가장 경계하는
병이다. 입적하셨거나 현재 참선을 지도하는 어른스님 대부

분은 한번쯤 경험하고 극복한 분들이다. 극복하는 과정은 목숨을 내걸 만큼의 처절한 정진을 필요로 한다고 한다.

어설프지만 전화위복이란 표현이 어떨까 싶다. 그 스님 또한 극복한 과정이 초인적이었다. 결제와 해제를 가리지 않고 정진 중간 중간에 절을 했단다. 무려 100만 배를 두 번이나 했다고 한다. 그리고 1000일 기도까지 회향했는데, 본인도 모르게 상기된 것은 물론, 머리까지도 말끔해졌단다. 정진력에 가피력까지 더한 일이라 보아진다.

내게도 미약한 체험이 있었다. 1991년 10월, 조계 총림 송광사에서 가을 산철 결제를 마치고 선원에서 처음 접하는 안거에 앞서 마음의 다짐을 위하여 5대 적멸보궁을 참배하게 되었다. 통도사, 정암사, 법흥사, 상원사를 참배하고 끝으로 봉정암의 순서가 되었다. 10월 중순, 오세암에서 길을 물어 아침 일찍 혼자서 출발했다. 4시간쯤 걸린다고 했다. 두 시간 가까이 절벽에 가까운 오르막을 걸었을 즈음 비를 만났다. 얼마 지나지 않아 양팔에 서서히 감각이 사라져 마비가 올 지경이었다. 난감했다. 가벼운 운동화에 가사 장삼을 꾸린 간단한 걸망이 전부였다. 불현듯 '관세음보살' 명호가 절로 나왔다.

그렇게 두 시간여 정근正勤하듯 명호를 부르며 가까스로

봉정암에 도착했다. 몰골을 보고 사태를 파악한 어떤 객스님 (客僧)이 곧장 군불을 땐 방으로 안내했다. 체면을 차릴 틈도 없이 3시간 넘게 이불을 뒤집어쓰고 나서야 몸이 풀렸다. 다행히 몸엔 별다른 이상이 없었다. 다음날 마을에 내려와 보니 그 비가 첫눈이었단다. 분명 관세음보살의 가피력이라 여겨져 그때 이후로 평소 자주 관세음보살을 염송한다.

'참마음의 주체' 일컫는 말

38

주인공 主人公

사람마다 본래 불성을 갖추고 있어 누구나 참마음의 주체인지라, 불가에서는 이를 일러 주인공主人公이라 한다. 불교 전반이 바로 주인공에 대한 공부라 할 수 있겠지만, 특히 선가에서 '주인공'이라는 말이 더욱 친숙하다. 그래서 납자를 대상으로 하는 법문에서 어른스님이 법문 중간에 '일러 보라'고 하시는 말씀은 응당 주인공을 이르는 것이다. 법문뿐만 아니라 법거량이나 법담을 주고받는 것 또한 주인공에 대한 공부를 확인하고 인가하는 방식이다.

어느 어른스님의 일화다. 총림의 방장으로 추대되었는데, 법상에 올라 납자를 대상으로 한 법문을 하시던 중간에 "일

187

러 보라!" 하셨단다. 지체 없이 한 납자가 일어나 "본래무일물本來無一物입니다!" 말했고, 또 다른 납자는 말없이 허공에 점 하나를 찍고 그 자리에 꼼짝하지 않고 서 있었으며, 세 번째 납자는 허공에 일원상一圓相을 그렸단다. 어른스님께서 법문을 마치고 별도로 당신의 처소에 납자 셋을 부르셨단다. 그 자리에서 다시 한 번 일러보라는 말씀에 '본래무일물'이라 말했던 납자는 쉼 없이 설명을 했고, 허공에 점 하나를 찍었던 납자는 말없이 그대로 있었으며, 세 번째 '일원상'을 그렸던 납자는 계속해서 허공에 일원상을 그렸단다. 아무 말씀이 없으셨단다. 이후에는 한동안 '일러 보라'는 말씀을 하지 않으셨다 한다.

어느 노스님은 장황하게 말하는 납자를 대할 때면 끝까지 다 듣고 질문하셨다. "처음에 얘기가 어떻게 된 거지요?" 이어 그 납자의 내용을 처음부터 다시 듣고 나면 또 똑같은 질문을 하셨다. "다시 한 번 더 얘기해 주시겠어요?" 같은 내용을 세 번 연거푸 반복할 이는 없기에 그렇게 제접하셨단다.

1991년 가을, 무척 설레는 마음으로 선원에 첫 발을 내디뎠다. 가을 산철을 조계 총림 송광사에서 마치고 해제 법문이 있었다. 당시 방장스님께서 법문하시기를, 호텔을 예로 드시면서 손님은 당연히 값을 치르고 이용하지만 사장도 값을 치른다면 과연 그때 주인공은 누가 되는 것인지 "일러 보시오!" 하셨다. 잠시 침묵이 흐르는가 싶더니 갑자기 법당 마루가 쿵쿵 울렸다. 한 납자가 개금 발을 딛고 법상 쪽으로 나아가고 있었다. 법상에 가까워질 무렵 방장스님께서 "웬 주인공이 개금 발인고?"하시니 납자는 발을 멈추고 말없이 제자리로 돌아와 앉았단다.

한참 지난 후에 그 납자의 소식을 들었다. 이듬해 해제 법문에서는 법상 쪽으로 뒹굴었단다. 그때 방장스님은 "이제 정진의 인터체인지에 들어섰구먼!" 하셨단다. 아직도 그 납자는 선원에서 정진하고 있다. 인터체인지에서 벗어나 얼마나 달렸는지, 출구는 찾았는지 자못 궁금하다.

1993년, 해인사에서의 하안거 때 일이다. 한여름의 오후, 선원 마당에 무성한 풀 울력을 할 때 성철 스님께서 시자의 부축을 받으며 들르셨다. 마당 복판에 이르자 한 납자를 손짓으로 부르셨다. 지적된 납자가 스님 앞에 다가서자 그대로 뺨을 후려치셨다. 당시 스님의 그림자만 비쳐도 경외심이 절로 우러날 때인데 그런 모습을 대한 납자들은 모두가 긴장했다. 뺨을 맞은 납자는 더욱 당황한 기색이 역력했다. 저만치 떨어져 풀을 베던 나는 그 광경을 목격하고 "얼른 이르세요!"하고 말했다. 어찌 그 상황에서 그 말이 들렸겠는가. 주위에 있던 몇몇 납자만이 그 말을 들었을 뿐이다. 들리는 말로는 당시 뺨을 맞은 납자는 무어라 일렀다고 한다. 어쨌든 그때 그 납자는 납자들 사이에 신망이 두터운 구참 납자로서 선원의 중책을 맡고 있다.

그해 늦가을. 나를 포함한 납자 7명이 뜻을 맞춰 지리산 반야봉에 자리한 암자에서 보름을 기한으로 용맹정진에 들어갔다. 1주일쯤 되어 산장에서 성철 스님의 입적 소식을 접하고 함께 결의했다. "이 참에 우리가 그 뒤를 잇도록 더욱 열심히 정진합시다!" 그래서 영결식에 참석하지 못했다.

앉아서 하는 참선

39

좌선 坐禪

움직이고 머물며 앉거나 누워서도 선을 하며(行住坐臥), 말하고 침묵하며 시끄럽고 고요함 속에서도 선을 한다(語動靜). 굳이 구분해 본다면 선을 총괄해서는 참신이라 하고, 좌복에 앉아 할 때는 좌선이라고 정리할 수 있을 것이다. 이 모두가 선의 진리를 탐구하는 일이겠다. 좌선하는 자세는 결가부좌가 가장 이상적이지만 통상 반가부좌를 한다.

3년 전, 라디오 불교방송에서 4개월여 원각경을 강의한 일이 있다. 당시 참고 자료가 마땅치 않아 교재와 함께 그에 따른 논서를 1주일에 100여 매씩, 마칠 때까지 총 1500매 정도를 번역하면서 내용을 요약하여 방송할 때였다. 그때 우연히 알게 된 불자가 있다. 그분은 그간 몸이 안 좋아 병이란 병은 다 갖고 있을 정도로 '종합병원' 수준이었는데, 한번 야외에서 결가부좌를 하면 1주일씩 한자리에서 꼼짝하지 않고 정진하는 일명 '야전 수좌'의 지도를 받고 모든 질병이 완치됐다고 한다. 그런 경험이 있는 만큼 결가부좌에 대한 믿음이 대단했다. 어떤 날은 통화하는 중간에 온몸의 털이 곤두선다는 수모竪毛의 느낌을 실감했다.

그 통화 내용을 요약하면 결국 한낱 경전을 공부해서는 별반 없다는 투였다. 넌지시 물었다.

"결가부좌에 경이 있나요?"

지체 없이 답이 왔다.

"팔만대장경이 결가부좌에 다 있습니다!"

선문답이 아닐 바엔 빨리 접어야겠다는 생각으로 가까스로 말을 맺었다.

아마 나 역시도 지난날의 미미한 정진이 없었다면 당장 자리를 박차고 일어나 결가부좌에 매진했을지 모른다. 해인사 강원에서 강사로 있던 1999년 하안거 때였다. 연례적인 행사로 특별한 사유가 있는 이를 제외하고는 안거 때마다 1주일씩 전 대중이 선원의 큰방에서 용맹정진을 했는데, 드물게 강사의 자격으로 동참하게 되었다. 학인들도 함께하는 자리이기에 조금은 선배다운 모습으로 정진해야겠다는 생각을 했다. 해서 잠깐 방선放禪(좌선을 하거나 불경을 읽는 시간이 다 되어 공부하던 것을 쉼)하는 시간에도 일체 자리에 눕지 않았는데, 은해사 승가 대학원을 마친 뒤 3년 만에 좌복에 앉으니 4일쯤 되어서는 '내가 왜 이 고생을 하지?'하는 회의가 들 정도로 힘들었다.

다행히 대중이 지켜보는 가운데 한 번도 등을 자리에 대지 않고 1주일 용맹정진을 회향하여, 마지막 날 어간스님으로부터 "강사스님은 1주일 내내 자리에 잠시도 눕지 않았습니다!"하는 덕담을 대중 앞에서 들었다. 정작 납자 시절에는 그렇게 못했다. 그일 이후로 무언가 성취한 듯한 기분에 자존감을 갖게 되었다. 강원과 선원을 오가며 정진하는 동안 그때 생긴 자존감이 어느 순간부터 나로 하여금 승려 생활에 대한 나름의 확신을 갖게 하였다.

흔히 선원에서 정진한 지 5년이 지나도록 좌복에서 꼿꼿하고 성성한 자세를 잃지 않으면 인정받는 납자로 여긴다. 혹자는 그 기간이면 웬만큼 공부가 익는다고 한다. 1991년 해인사에서 동안거 용맹정진을 할 때, 4일쯤 지나니 자세가 자꾸만 옆으로 쓰러질 듯 흐트러지는 납자가 있었다. 그 납자는 5년여 반듯한 자세로 정진 잘하는 납자로 알고 있다가,

안타까운 마음에 몇몇 납자는 이 기회에 바로 잡아 주어야 한다며 죽비 경책을 자주했다.

그러나 본인은 시간이 지날수록 죽비 경책을 부담스러워 했다. 화두를 이미 성성하게 공부하고 있다는 것이었다. 아차, 싶었다. 나도 어느 순간 저런 착각에 빠지지는 않을까. 그래서 지금까지 풀을 먹인 승복을 고집하고 있다. 날이 서듯 빳빳하게 입는 모습에 때론 만만찮은 성격으로 비쳐져 긴장하는 이들도 있단다. 실상은 좌복에 앉아 깜빡 잠이 오는 경우를 방지하기 위해서다. 또한 '바스락' 소리에 나뿐 아니라 옆에 앉은 납자 일깨우기 위해 더욱 긴장하는 의미가 있다.

앞서 통화한 불자는 넘친 표현을 제외하고는, 본인이 체험한 결가부좌를 통해 많은 이들을 치유해 주고 있어 찬사할 일이다. 행여 하는 마음에 통화했다가 이번엔 "법력이 생겼습니다!"하는 말엔 약간 지압(?)을 하긴 했어도 왠지 개운하지 않다.

흙으로 지은 작은 집

<u>40</u>

토굴 土窟

토굴土窟하면 흙을 파내고 지은 작은 움집이 연상되지만, 승가僧伽에서는 그간의 공부에 대해 스스로 재점검을 하고 계속해서 유지하기 위한 정진 처소로써 보림保任하는 장소를 의미한다. 일단 토굴에 들어간다고 하면 누울 공간이나 숙식은 엄두도 낼 수 없고 오로지 앉아서 정진만 할 수 있는 곳이기에, 그때는 따로 공양 시봉이 있어야 한다. 그렇기에 진정한 의미에서의 토굴 정진은 정진력이나 법력이 어느 정도 검증된 상태라 할 수 있겠다. 성철 스님이 작은 처소 주변에 철망을 치고 정진한 것, 조계 총림 송광사의 방장이셨던 효봉 스님과 구산 스님이 오도재吾道齋에 움막을 짓고 정진한 것,

일타 스님이 태백산에서 정진한 것 등이 대표적인 예이다.

그런 토굴 개념이 이제는 홀로 정진하거나 작은 규모로 몇몇이 모여서 정진하는 처소로 변했다. 나아가 웬만큼 사찰의 격식을 갖추고도 토굴이라는 말을 할 때는, 어딘지 정진하고 있다는 뉘앙스를 풍기고 싶은 마음에서 그러는 것이 아닌가 싶기도 하다.

내게도 2년여 토굴 생활이 있었다. 1993년 가을, 납자 7명이 지리산 반야봉 아래에 자리한 작은 처소에서 보름간 용맹정진을 필두로 몇몇 납자들이 4개월 가까이 결사 형식으로 용맹정진을 했다. 그간 대중이 많은 처소에 지내면서 이렇다 할 울력 경험이 없었는데 그곳의 생활은 하나하나 손이 가야만 했으므로, 내가 할 수 있는 일이라고는 청소뿐이었다. 처음에는 어느 정도 서로 이해하는 듯싶더니 시간이 지날수록 적잖은 부담이 되었다. 그보다 힘겨웠던 일은 한정된 공간에서 약간의 의견 대립이 있을 때 수습하는 과정이었다. 그래서 이전 스님들은 토굴 생활을 경계했다. 웬만큼 정진력이 있는 상태에서 반드시 혼자 정진하거나, 몇몇이 정진할 경우 중심이 되어 제접할 수 있는 스님을 모시고 해야 한다는 것이었다.

이어서 1994년 봄부터 창녕에 있는 청련사라는 암자에서

나를 포함한 4명의 납자가 3년 결사를 시작했다. 약간 우려
스럽긴 했어도 정진에 대한 열의가 한결같았기에 웬만한 장
애는 묻힐 거라는 생각이었다. 그러나 우려는 현실이 되었
다. 그해 하안거 해제가 되어서는 혼자만 남았다. 값진 교훈
을 얻었다. 섣불리 토굴 생활을 해서는 안 된다는 것이었다.
설사 몇몇이 토굴 형식으로 정진하더라도 제도적으로 보장
된 상황에서 해야 하지 임의로 뜻을 모아 하기에는 한계가
있다는 것을 절실하게 체험했다.

  출가한 지 10년이 되는 1995년도에는 율원에서 지냈다.

영축 총림 통도사 방장이셨던 월하 노장님께서 첫 율원을 개원하면서 나를 지목하셨다. 1992년도에 조계 총림 송광사 율원에서 공부한 이력과, 나의 객기를 잠재우기 위한 노장님의 특별한 배려 때문이었다. 큰절에는 공간이 마땅치 않아 가까운 산내 암자에서 지내게 되었다. 토굴 형식이었지만 다행히 송광사에서 10년 넘게 가장 모범적이다 할 정도로 정진 잘하는 스님과 도반이 되어 공부했다. 율장律藏(삼장三藏의 하나. 부처가 제정한 계율의 조례條例를 모은 책을 이름)을 논강하면서도 개인적으로 불교 전반의 개론서를 꽤나 읽어, 이론적인 무장을 하게 되는 계기가 되었다. 그 이전인 1990년에서 1991년까지 2년 동안 통도사에서 별도로『화엄경』을 공부하면서 자부심을 갖게 된 것도 월하 노장님의 배려 덕분이었으니, 스님은 내게 크나큰 은덕을 베풀어 주신 분이다. 율원에 지내면서도 곡차에 대한 객기를 추스르지 못해 율사스님(律師, 승려들의 그릇된 일을 검찰하는 승관僧官)들로부터 미운털(?)이 박힌 적이 있었던 것이 아쉽다.

그로부터 10년이 지난 2005년에 고불총림 백양사 강원에 강주로 갓 부임해서 우연히 중견 율사스님을 뵈었다.

"어디 살어?"

"백양사 강주로 지냅니다!"

"잘 됐네?!"

만감이 교차했다. 지난날 지은 업이 있어 그런지, 내가 스님의 상좌上佐를 지도하고 있었다. 벅찬 심정에 목까지 차오른 말이 있었지만 차마 내뱉지는 못했다.

만행할 때
소요되는 경비

<u>41</u>

여비 旅費

일반적으로 교통비 정도를 여비旅費라 일컫지만, 승가에서
는 대체로 만행할 때 소요되는 모든 경비를 여비라 한다. 때
문에 납자에게는 여비가 긴요하다. 한때 객客으로 다녀도 자
연스러웠던 시기에는 잠시 머문 사찰에서 떠날 때, 기본적인
여비와 정진한다는 의미로 덤을 보태주어 걸망 하나만 지고
다녀도 부담이 없었다. 특히 납자라면 더욱 잘 챙겨 주곤 했
다. 사실, 지금도 정진하는 납자로 인정받은 어떤 경우에는
챙겨주는 여비만으로 만행이 충분하다. 하지만 그것은 극히
일부에 해당하는 얘기다. 대부분의 경우 본인의 준비 없이
만행하기란 쉽지 않다. 그러기 어려운 세태가 된 것 또한 사
실인 듯싶다.

그럼 납자의 여비는 어떻게 마련될까. 공양금供養金이라는 것이 있다. 보통, 선원에서 공양금이라 부르고 사찰에서는 전통적으로 시주금이라 불린다. 공양금은 해당된 납자의 반연絆緣(인연)이면서도 대중을 대상으로 하기에 '대중공양'이라는 명분으로 공양을 올린다. 사실 선원의 공양은 공양 올리는 분들의 복을 짓는 일이면서도 납자들이 정진하는 데 필요한 최소한의 공양물과 물품을 구입하라는 의미다. 선원에서 소요되는 웬만큼 경비는 사중에서 지원하기에, 대부분 선원에서는 그 공양금을 한 철 내내 적립하여 해제하는 날 정진한 납자들에게 골고루 배분한다. 일명 '해제비'라고 한다. 산철 만행의 경비로써 여비인 셈이다.

좀 색다른 처소가 있다. 봉암사다. '특별수도도량'답게 공양이 들어오면 모두 사중에 수용하여 살림에 사용하고 납자에게는 최소한의 해제비만 지급한다. 언젠가 한 중견 스님은 사중 살림에 보탬이 되었으면 하는 마음에서 본인의 해제비를 사중에 반납하고는, 납자들도 동참하기를 바랐던가 보다. 헌데 반응은 '글쎄'였다고 한다. 공심公心의 문제보다 최소한의 생계비(?)가 우선이었던 것이다. 하지만 생계비와 같은 해제비에 연연해하지 않는 것이 또한 납자의 매력이다. 만행길에 만난 딱한 사정이 있는 이에게 해제비를 몽땅 쥐어 주는 일은 예사며, 어떻게든 보시하는 곳에 쓰고, 사실 여비로 사용하는 것은 일부에 불과하다.

　한번은 해제한 지 얼마 지나지 않아 상자에 차茶가 가득한 소포를 받았다. 2000년 초, 법주사 강원에서 지도했던 한 스님이 납자가 되어 보낸 것이다. 해제비를 몽땅 털어 차를 준비하는 것을 보고 주위 납자들이 의아해 하면서도 한편, 그렇게 교감할 수 있는 정서를 부러워하는 시선들이었단다. 그런 정성이와 닿아 소포를 받고 한동안 가슴이 뭉클했다. 요즈음 그 납자는 지난 하안거부터 9개월의 기한을 두고 두문불출 가행정진하고 있다. 내년 봄에나 볼 수 있는데, 자못 기다려진다.

　1994년 마곡사 선원에서 동안거 정진을 했다. 동안거 때

는 하안거 때보다 비교적 해제비가 많을 뿐 아니라 정진하는 대중에 따라 다르지만 공양이 비교적 많은 편인데, 그해 따라 공양이 많이 들어왔다. 해제 3일을 남겨두고 한 납자가 소리 없이 걸망을 졌다. 2년 후 동화사 선원에서 만나 그 연유를 알게 되었는데, 해제비가 부담스러웠단다. '무용無用'이라는 납자였다. 자호가 '지물之物'이라는 말에 많은 대중이 미소 지었다. 두 철을 함께 정진하면서 무용이 아닌 유용有用이 스님에게 적합한 불명이라 여겨졌다. 약간 엉뚱한 듯 돌출적인 면이 있으면서도 부지런하여 어디서든 꿋꿋하게 헤쳐 나갈 것만 같아, 주위에서 '야생마'라는 호를 붙여 주었다. 호에 걸맞게 이후 새로 대학교에 입학하더니 해외까지 나가 공부하고 왔다. 무처불용無處不用. 곧 '쓰이지 않을 곳이 없는' 스님이 되었다.

1985년 가을, 당시 단돈 2만원을 들고 출가했다. 공교롭게도 선원에 정진하러 갈 때면 늘 그 만큼의 여비가 손에 들려 있었다. 그래도 당당했고 자신만만했던 그때가 그립다. 그 시절 만행길에 낯모르는 불자로부터 여비를 받을 때면 감사한 마음과 함께 출가에 대한 자부심을 느낄 수 있었다. 새삼한 걸망 꾸려서 납자의 심정으로 세상인심과 함께 여비를 타고픈 심정이다.

솜 넣고 바느질해
만든 옷

<u>42</u>

누비

양쪽 옷감 사이에 얇은 솜을 넣고 바느질해 만든 옷을 '누
비'라고 한다. 자세히는 '누비 두루마기'로써, 납자가 겨울에
가장 먼저 챙기는 승복이다. 줄여서 '누비'라고 한다. 누비를
겨울뿐 아니라 사철 내내 입거나 걸망에 얹어서 다니던 납자
를 지난여름에 우연히 만났다. 그런데 누비가 없었다. 꼬박
20년을 입거나 휴대했다가 몇 년 전부터 계절에 맞게 입는
다고 했다. 어느 때부턴가 먹히지(?) 않더란다.

사실은 처음에 이 글을 쓰면서 수좌, 선객, 납자 가운데 어
떤 용어를 선택할까 고민하다 '납자'를 택했다. 앞에 '납衲' 자
는 누덕누덕 꿰맨 옷, 즉 검소함을 뜻할 뿐 아니라 세월을 뜻

하기 때문이다. 처음 선원에 갔을 때 납자들이 자연스레 바느질하는 모습이 너무나 인상 깊었기 때문이기도 하다. 지금도 눈에 선하다. 뒤꿈치가 헤진 양말을 기우면서 속에 둥근 전구를 넣어 꿰매는 모습을 보고 속으로 '아!'하는 소리를 냈다. 그 이후로 옷이나 양말 등이 해질 때마다 바느질하는 것이 자연스럽다. 한번은 그렇게 여러 해 누덕누덕 지은 바지를, 마음에 들어 하는 신참스님에게 주고 까맣게 잊었다가 10년이 지난 2004년에 봉암사에서 그 스님을 만났다. 대하는 순간 그쪽이 구참이고 이쪽이 신참인 듯한 느낌이 들었다. 그쪽은 내리 10년을 선원에서 정진했고, 이쪽은 선원과 경학 經學을 오간 탓에 왠지 느슨해진 감이 있음을 느낄 수 있었다.

1994년 동안거를 마곡사 선원에서 정진했다. 그 앞 철 지리산에서 정진할 때 한 납자가 어느 구참 납자로부터 받은 누비라면서 각설이 타령에서나 볼 수 있을 듯한, 성한 데 하나 없이 거의 전체가 기워진 30년은 족히 넘어 보이는 누비를 입고 있었다. 누비와 관련해 납자 간에 불문율 같은 방식이 있다. 낡은 누비를 보며 "승복이 좋아 보입니다!"라고 하는 처음 덕담은 인사말이다. 그 말이 두 번일 때는 상대방도 비슷한 승복일 경우 '교환해도 될까요?'라는 의향이고, 어쩌다 세 번을 들으면 그냥 벗어주는 것이 관례처럼 내려온다.

얘기 끝에 입고 있던 누비와 서로 교환했다.

　마침 그곳은 고향과 인접했고 출가한 지 10여 년쯤 되었기에 웬만큼 알려져, 출가전의 인연들이 간간이 찾아왔다. 어느 날, 오랜만에 만난 고향의 친척들과 이웃들이 나를 보고는 "어쩐디야!", "웬 일이여!" 하며 탄성에 가까운 소리를 냈다. '아차!' 싶었다. 성한 데가 없이 덕지덕지 기운 누비를 보는 순간, 소매를 부여잡고 하는 소리였다. 반가움 대신 측은한 마음과 동정심으로 가득한 그분들의 표정에 속으로 왈칵 눈물이 솟을 것만 같았다. 당장 새 누비를 장만했다. 이전에 구참스님들로부터 당부 겸 경험담을 들었다. 고향에 갈 때는 반드시 번듯하게(?) 하고 가야만 한다고.

어느 납자의 일화다. 정해진 곳 없이 정진하다 연락이 닿지 않아 예비군 훈련을 여러 해 불참하여 검찰까지 출두하게 되었단다. 벌금을 낼 수 없는 딱한 사정을 알고 담당 검사가 대신 납부해 주고는 신자가 되었단다. 그날 납자의 누비 입은 기상을 보고 한순간에 감동을 받았다고 한다. 누비에 배어난 순수하고 진득한 수행자의 모습을 보았으리라.

누비의 용도는 다양하다. 정진할 마음으로 자리에 앉으면 밑 부분은 자연히 방석이 된다. 또, 만행할 때 이부자리가 변변치 않다면 반은 요로, 반은 이불로 삼을 수도 있다. 한마디로 만능이다. 어쩌면 누비를 보고 납자의 삶을 그대로 엿볼 수 있다 하겠다.

지난 날 정진할 때 입었던 누비를 꺼냈다. 쿵! 하고 울린다. 누비에 걸망 하나와 두 발이면 족했었는데, 이런저런 이유로 편리한 기기들에 익숙해지면서 마음까지 편리함을 쫓고 있는 것은 아닌지 돌아보게 한다.

며칠 전 맞이할 일이 있어 기차역에 나갔는데, 한 처사님이 공손히 합장하고는 적은 액수를 손에 쥐어 주었다. 누비가 아닌 빳빳하게 다려 입은 새 옷이었는데, 새삼 격세지감이라는 생각이 들었다.

43

도량석 道場釋

사찰의 하루 일과 중 새벽에 가장 먼저 하는 의식이 도량
석道場釋이다. 대부분 새벽 3시에 하는데 상황에 따라 4시나
5시에 하며, 만물을 일깨우고 대중의 일상을 알리는 의미에
서 목탁소리의 울림도 최소한 작게 시작한다. 드물게는 가장
어른스님이 직접 도량석을 집전하시기도 하지만, 거의가 행
자나 기도를 담당하는 부전스님(副殿, 불당을 맡아서 관리하며
청소를 하고, 향이나 등 따위에 관한 일을 맡아보는 스님)이 도맡아
한다.

행자 때의 일이다. 낙산사에 출가한 지 보름쯤 되어 도량
석을 하고 싶은데, 부전스님이 집전하고 있는 것을 언감생심

208

행자로서 대뜸 나설 수는 없는 일이었다. 궁리 끝에 그 스님의 바로 뒤를 쫓아 되도록 스님의 귀 가까이 목탁을 대고 스님의 목탁소리에 맞춰 따라 쳤다. 3일 째 되는 날, 혼란이 왔던지 부전스님은 난데없이 새벽 2시에 도량석을 하다 중단했다. 멋쩍은 듯 3시에는 한번 해보라 하셨다. 했다. 그날 아침 공양을 하는 자리에서 갓 수계한 스님이 "행자님! 내 방문 앞을 지날 때는 제발 빨리 지나가 주세요!"라고 했다. 목탁과 목소리가 커서 깜짝 놀랄 지경이었단다.

흔히 하는 말이 있다. 사찰에서 목탁소리가 시끄러우면 무거운 절보다는 가벼운 당사자가 떠나야 한다고. 다음 날 도량석의 절반에 가까운 10분 정도를 그 스님의 방문 앞에서, 목탁을 더욱 열심히 치며 보냈다. 그러니 다시 하는 말이 "소리가 거도 좋으니 지나가기만 해 주세요!"다. 그도 그럴 것이 평소 목소리에 톤이 있는데다 크게 할수록 목이 트인다기에 있는 대로 목청을 높였으니 그럴 만 했다. 그 스님은 지금 군법사의 꽃인 군종감(대령)으로 예편하여 열심히 정진하고 있다.

선원에서도 큰절과 떨어져 있거나 독립된 처소일 경우에는 도량석을 한다. 1993년 가을, 운문암에서 산철 결제에 도량석을 담당했다. 앞에서 말했듯이 그 철에 서옹 노장님을

도량석은 만물을 일깨우고
대중의 일상을 알리는 의미에서
목탁소리의 울림도 최소한 작게 한다.

모시고 정진하고픈 납자들이 대거 몰려, 승랍이나 선원 경력으로는 방부하기 어려워 원주 소임을 자청해서 입방하였다. 원주 소임은 후원(부엌) 살림과 일상에 필요한 용품을 조달하는 소임으로, 사정에 따라서는 시장 보는 일까지도 직접 챙겨야 하기에 자청하는 일은 드물다. 그 곳의 원주 소임은 일일이 시장을 보아야 했다.

시장 본 첫 날, 20명 분량의 배추가 화제였다. 서너 단이면 되었단다. 상인이 권하는 대로 20여 단을 가져와 큰절뿐 아니라 암자까지 인심을 썼다. 서투른 물정에 지나온 철과 비교해 두 배에 가까운 지출이 있었지만, 노장님과 사중의 배려로 무사히 넘어갔다. 그 일보다는 말 못했던 속내의 일이 기억에 더 남는다. 당시 운문암에서 일을 하는 보살과 박자가 맞지 않아 소임을 소홀히 한다는 오해를 받게 되었다. 보살과 맞서기에는 왠지 납자의 체면이 아닌 듯싶어 어느 날 조용히 자리를 마련했다. 이해를 구하고자 마음을 억눌러가며 하소연에 가깝게 말하는 동안 나도 모르게 북받쳐 눈물이 흘렀다. 그러니 보살도 펑펑 울다시피 했다. 그렇게 화해를 했다. 다음 날 '나옹 스님의 토굴가'로 도량석을 할 때, '나다 너다 내세우면 하릴없는 일이로다!'하는 대목에서 다시 한 번 가슴이 찡했다.

212

도량석과 관련된 일화가 있다. 한 스님은 도량석 중간에 어느 대목이 생각나지 않아 염송 대신 "산토끼 토끼야, 어디로 가느냐."라고 하여 첫 새벽 웃음을 머금게 했단다. 한 납자는 "오늘도 걷는다마는 정처 없는 이 발 길."로 도량석을 하고 그 길로 걸망을 졌단다.

그동안 몇몇 처소에서 도량석을 한 경험 중, 2004년 봉암사에서 1년 결사를 마치고 해제하며 떠나던 날의 도량석이 너무나 인상 깊게 남아 있다. 기본 선원 납자들을 갈무리하는 선감 소임으로 1년을 지냈는데, 해제 무렵에 아쉬워하는 납자들이 많았다. 그래서인지 30여 명 납자들이 자청하여 해제하는 날 도량석을 하는데, 한 줄로 뒤를 잇는 모습에 대중들도 웬일인가 싶어 밖으로 나와 함께했다. 감격스러웠다. 하마터면 중간에 북받쳐 올라 도량석을 그르칠 뻔 했다.

<u>44</u>

동안거 冬安居

동안거가 시작됐다. 흔히 공부하기 좋은 때로, 비올 때와 저녁 그리고 겨울을 꼽는데 그 중에 두 가지나 갖추었으니 더 없이 좋은 시기다. 해서, 선원에서는 하안거와 달리 동안거에는 공식적으로 정진 시간이 더 많다. 내게 있어 동안거는 남다르다. 출가해서 2개월 만에 삭발한 때가 동안거에 임박해서였고, 선원에 본 철을 시작한 것이 이때였다. 또한 이 글을 시작한 것도 지난해 이 시기인데, 아마도 겨울에 태어나서 이래저래 겨울과 더 많은 인연이 있는 것은 아닌지 모르겠다.

동안거에는 월동 준비가 우선이다. 선원뿐 아니라 강원에서도 이때는 별도로 '동안거 준비 방학'을 한다. 덕분에 요사이 보름여 달콤한 방학을 보냈다. 안거가 시작되면서 가장 먼저 김장 울력을 한다. 특히 삼보사찰(통도사, 해인사, 송광사)은 저마다 가풍에 따른 특색이 있다. 통도사는 예전에 아궁이가 얼마나 크던지 나뭇짐을 진 채로 들어갈 정도라는 말에 걸맞게, 넓은 후원에서 넉넉하고 푸짐한 울력을 한다. 해인사는 오래된 큰 수조에 절인 배추를 산더미처럼 쌓아 놓은 모습이 위엄과 기상을 느낄 정도다.

2000년 동안거를 조계 총림 송광사에서 정진했다. 그곳의 김장 울력은 이색적이었다. 후원 바로 옆을 흐르는 계곡물을 하루 전부터 막고, 그 위로 넓고 긴 송판을 얼기설기 걸친다. 그리고 절인 배추와 김장거리를 계곡물에 담가 헹궈낸다. 참으로 장관이다. 울력 중간에 갑자기 호기가 발동하여, 헹구던 배추를 들어 복판에 던지며 "배추 씻다 깨친 이도 있나요?"하고 외쳤다. 약간의 긴장감이 돌았다. 그 쪽은 물줄기였지만 이쪽은 자칫 배추로 한 방망이 날아올 뻔했다. 어설픈 흉내로 난감한 분위기를 가까스로 모면했다.

내로라하는 큰 법석에서 있었던 일이라고 한다. 어른스님(노장님)을 모시고 사부대중(승속을 망라함)이 '선禪'에 대한 문답을 하는 자리에서, 중간에 한 중진스님이 행사의 취지와

215

곁들이는 말을 했다. "한 손바닥으로 내는 소리를 아는가!"
라는 화두를 예로 들었다는데, 듣는 이로 하여금 아리송하
고 묘한 여운을 주더란다. 이윽고 한 납자가 앞으로 나아가
"한 손바닥의 도리를 보이겠습니다!" 하더니 그대로 그 스님
의 뺨을 후려쳤단다. 분명한 소리였다. 법에는 승속과 상하
가 없다는 말을 들었어도, 막상 그 이야기를 접했을 땐 멈칫
했다.

　돌이켜 보면 선원에서의 정진에 점진적인 변화가 있었던
듯싶다. 1991년 동안거, 해인사에서의 첫 철은 신체의 변화
가 있었다. 즉 웬만큼 몸을 조복調伏(몸과 마음을 고르게 하여 여
러 가지 악행을 굴복시킴)받아 피부에 와 닿는 정진이었기에 선
에 대한 매력과 확신을 갖게 된 계기가 되었다. 이어 1993년
지리산 반야봉에 자리한 묘향대에서 몇몇 납자들과 결사 형
식으로 정진하고는 선의 기쁨을 조금은 체험한 듯싶었다. 부
족하겠지만, 과연 선의 기쁨을 체험하는 경지는 어떠할까?
그랬다. 순간의 편안함을 느낄 수 있었다. 순식간에 호흡이
멈춘 듯 감지할 수 없는 느낌에 모든 것을 포용할 듯한 기분
은, 이러한 경지가 오래 지속된다면 그것이 바로 '도道'가 아
닐까 하는 생각이 들 정도였다. 또한 여러 해를 장좌불와長坐
不臥하는 정진이 가능할까 하는 의문도 다소 풀렸다.

216

그해 동안거를 시작하기에 앞서 7명 납자들이 보름 동안 용맹정진을 했다. 1주일 고비를 넘길 무렵 밤낮의 구별이 없어진 듯하면서 '고정관념'이 타파되는 순간, 이래서 가능하겠구나 하는 확신이 들었다. 그 힘으로 동안거를 밀어붙였는데, 그 이상의 정진은 순간의 체험으로는 한계가 있고 견처見處와 득력得力이 있어야 가능하리라는 것을 절실하게 느꼈다. 이후 2004년, 봉암사에서 1년을 두문불출 정진하고는, 잘못된 습기가 바로 잡혀 몸소 생활로 이어져야 한다는 현실적인 생각을 했다. 업은 아이 3년 찾는다는데, 그랬을까?

45

지대방

선원 생활의 대부분은 큰방과 지대방에서 이루어진다. 큰 방에서는 정진과 취침이 중심이기에 공식적인 말 이외에 좀 처럼 객쩍은 말을 하지 않는다. 그에 반해 지대방에서는 자 유롭다. 차담과 대화, 다림질, 요가 등 다양한 일상이 펼쳐진 다. 그중에 제일은 상, 하판이 한데 어우러져 구애받지 않는 대화다. 어느 구참 납자는 한 철(석 달) 내내 지대방에서 이야 기하기를 쉬지 않아 유명세를 타기도 했다.

1999년 동안거는 덕숭 총림 정혜사에서 정진했다. 그곳에 있는 거의 대부분의 납자들은 그곳에서 이미 내리 2, 3년을 정진한 상태였다. 그 철에는 25명의 납자 중에 유일하게 나만 혼자 새로이 방부를 했다. 납자들은 마치 동아리처럼 저마다 몇몇씩 뭉쳐 보이지 않는 그룹을 여럿 형성하고 있었다. 알고 보니 3년 만에 찾은 선원에 그동안 약간의 변화가 있었다. 제도적으로 선원에서 안거를 성만하는 것이 의무 사항으로 정해져 납자들이 선원으로 몰리는 현상이 발생했고, 그러다 보니 선원에 납자들이 부쩍 늘어난 것이다. 당시 대부분의 선원들이 만원이었다. 다른 곳으로 옮기는 것이 어렵다 보니 자연스레 한 곳에서 오래 정진하게 된 것이고, 납자들이 끼리끼리 어울리게 된 것이었다. 아무리 상황이 그렇다 해도 변화가 필요했다. 해서 따로 정해진 방이 있는데도 지대방에서 뭉개며 지냈다. 가리지 않고 이런저런 납자들과 이리저리 두루두루 어울렸다. 보름쯤 지났을까. 몇몇 그룹(?)들이 지대방으로 자연스레 모였다. 그들에게 한마디 했다.

"납자라면 물처럼 구름처럼 걸림 없이 자유로워야 하지 않겠습니까?"

다행히 많은 납자들이 공감을 하고 다른 처소까지 잔잔한 파문이 되어 퍼져 방부가 원활히 이루어지는 계기가 되었다.

이것이 지대방의 묘미인 것이다. 어느 때는 여론이 형성되기도 하고, 어떤 때는 열띤 토론으로 목침이 날아다니기도 한다. 그런 만큼 무엇보다 말을 조심해야 한다. '개구즉착 폐

구즉실開口卽錯 閉口卽失'이라는 화두가 있다. 입을 열면 그르치고, 그렇다고 입을 닫아서는 잃게 된다는 것이다. 어떻게 해야 되나. '말하지 말아야 할 때 말을 하면 잘못되는 것이고, 반면에 말을 해야 할 때 말하지 않으면 손실이 있게 된다'는 의미이리라.

무엇보다, 지대방에서 나온 정서적인 말을 그 바깥으로 확대해서는 아니 된다. 그래서 큰방에 '삼함三緘'이라고 경계하는 방이 붙어 있다. 말하기에 앞서 세 번 입을 봉할 정도로 신중해야 하며, 눈과 귀와 입을 단단히 단속해야 한다는 것이다. 책임 있는 소임자가 되기 위해서는 더더욱 그렇다. 몇 해 전의 일이다. 한 학인스님이 뜬금없이 방에 들어와 이런 저런 얘기를 시작했다. 몇 마디 듣고 보니 지대방 이야기로 굳이 책임자로서 들을 필요 없는 혹은 들어서는 안 될 뒷전 얘기였기에, 중간에 말문을 막고 돌려보냈다. 그렇게 신뢰를 얻었다.

"말이 씨가 된다."는 격언을 승가에서는 "입이 보살"이라고 이른다. 갓 수계하여 강원 학인시절의 일이니 강산이 두 번 변하고도 몇 해가 지난 일이다. 어느 날 지대방에 모인 도반들 중에 당시 나의 객기를 놓고 한 스님이 "지금의 일을 꼼꼼히 기록했다가 다음에 들이대겠다!"라고 말했다. 그러자 옆

에 있던 스님이 "행여 그 일이 미담이라도 되는 날에는?"하고 대답했다. 그저 여담삼아 한 얘기였지만 앞에 까칠하게 말했던 스님은 몇 년 지나지 않아 하산했고, 뒤에 덕담을 했던 스님은 지나칠 정도로 열심히 정진하며 지낸다.

1995년 통도사 율원에서 공부하던 때였다. 강원을 졸업한 지 5년이 지나, 그날 그 덕담을 했던 도반스님이 찾아왔다. 스님은 몇몇 스님들과 결사 형식으로 참선과 경전을 공부하던 터였다. 그간의 소회를 말하면서 문득, "본인은 열심히 산

다고 하지만 그것이 만약 주위를 불편하게 했다면, 그건 잘
못 사는 것이라는 사실을 알았습니다!"하고 말했다. 철저하
게 계율을 지키는 스님의 말이었기에 귀가 번쩍 뜨이면서도
한편으로 은근히 달아볼 마음이 생겨, 때를 핑계 삼아 함께
마을로 내려갔다. 식당에 들어서자마자, 낯선(?) 음식을 두
그릇 시켰다. 도반스님은 내색하지 않고 먹었다. 다 먹고 밖
으로 나오며 스님이 귀엣말로 "출가하고 처음이라 국물만 먹
었습니다!"하고 속삭였다. 순간, 뜨끔한 마음에 다짐하듯 "다
음엔 나물밥만 사겠습니다!"라고 대답했다. 지금도 끈끈한
정을 나누며 지낸다.

절拜한다고 절寺이던가

46

절

절을 한다 해서 절이라 하지 않았나 싶다. 맞절은 1배, 법당에서의 기본은 3배, 이어 108배, 1080배, 3000배 등 신심에 따라 그 수는 더해진다. 그 중 대중들에게 가장 익숙한 말은 108배일 것이다. 언젠가 방송에서 108배의 효과에 대해 방영한 후로 방석 판매하는 집에서 즐거운 비명을 질렀다는데, 그럴 만하다. 어느 의사는 말했다. 108배는 운동으로 치면 매우 힘들면서도 가장 종합적이고 과학적인 운동이라고. 또한 대부분의 운동은 10분 이상을 해야 효과가 있는데 108배는 시간적으로 너무나 적합하다는 것이다.

선원에서 새벽 정진을 마치고 방선(좌선을 하거나 불경을 읽는 시간이 다 되어 공부하던 것을 쉬는 일)하고 나서 아침 공양하기까지 3, 40분의 여유가 있다. 헌데 그 시간에 잠시라도 눕게 되면 새벽 내 정진이 '도로 아미타불(?)'된다 하여 어른스님들이 매우 경계하신다. 해서 납자들은 그 시간에 가벼운 요가를 하기도 하는데, 대부분 자발적으로 법당에서 108배를 한다. 어느 신도는 그 모습이 너무나 가슴에 와 닿아 신심이 더욱 돈독해 졌다고 한다. 그래서 해인사 선원에서는 아예 새벽 정진을 마치면 그 자리에서 일괄적으로 108배를 한다.

2004년 꼬박 1년을 봉암사 선원에서 선감 소임을 보면서 두문불출 정진했다. 기본 교육 과정으로 처음 참선을 시작한 납자들을 제접하는 소임이었는데, 덕분에 1년간 휴대폰을 꺼 놓은 채 나 자신과 그간의 정진을 되돌아보는 전환의 계기를 가질 수 있었다. 소임을 맡으면서 우려되는 일이 하나 있었다. 새벽 예불이 끝난 뒤 기본 선원 납자들과 법당에서 108배를 하는 것이었다. 바로 이전 해인 2003년 여름에 강원의 강사로 지내면서 무릎 인대를 다쳐, 6개월이 지났지만 3배를 가까스로 할 정도로 상태가 좋지 않았다. 굳게 마음을 다졌다. '세 번 절할 수 있다면 108배는 안되겠나!' 신기하게도 소임을 맡는 순간부터 거짓말처럼 가능해졌다.

그러던 어느 날 큰방에서 정진하던 한 납자가 말했다.

"절하는 죽비 소리가 너무 커서 새벽 정진에 방해가 됩니다!"

바깥세상 얘기에 순간 머리에 스팀이 올라왔다. 납자로서 죽비 소리가 부담스럽다니. 그쪽이 납자라면 이쪽도 납자인데! 단호히 말했다.

"한 번 더 그런 소리하면 대중 공사에 붙이겠습니다!"

다행히 가볍게 참회하는 식으로 넘어갔다. 그렇게 1년을 지내는 동안, 죽비 친 손바닥에 굳은살이 박였고 다리는 이전의 상태로 회복되었다. 예전에 어떤 어른스님은 정진하려는 납자에게 "쌀 한 가마 질 수 있나?"라는 질문을 해서 "예!"라는 답을 듣고 방부를 허락하셨다고 한다. 나의 왜소한 체구 때문에 가끔 의심받기도 하지만, 분명히 말하건대 그때 다리가 회복된 이후로 아직도 쌀 한 가마는 너끈히 등에 질 수 있다.

지금까지 가장 힘들었던 절이 있다. 3보 1배다. 1998년 가을에 통도사에서 3주에 걸쳐 수계 받는 스님들을 지도하는 습의사를 했다. 수련 기간 중간의 3보 1배를 수계자들은 물론 습의사들도 내심 부담스러워했다. 습의사 중에 2킬로 남짓한 거리를 선뜻 선봉으로 나서는 스님이 없어, 이때다 싶어 자원했다. 기실은 지난날 학인으로 지내면서 객기를 부렸

던 일에 대해 참회할 마음에서였다. 중간쯤 왔을까, 무릎이 그렇게 아플 수가 없었다. 중단하고 싶은 마음을 여러 번 다잡고, 거기에 표정 관리(?)까지 하면서 결국 3보 1배를 마쳤다. 심하게 아팠던 이유를 뒤늦게 알았다. 다들 무릎에 도톰한 헝겊을 차고 했단다. 그 쉬운 도리를 혼자만 몰랐다.

2004년 봄에 봉암사에서 웬 우람한 남자가 땅바닥에 넙죽 엎드려 절을 했다. 사연인즉, 1998년 수계식에서 3보 1배를 시작하기도 전에 포기하려 했는데 격려를 받아 시작했고, 중간에 중단하려 할 때도 덕분에 용기를 얻어, 무사히 마치고 수계한 후로 나를 은인처럼 생각했었단다. 간혹 뜻하지 않은 큰 절을 받을 때가 있다.

1995년과 1998년 3번의 수계식 때 습의사 소임을 했다. 맨 앞에서 시범을 보이듯 3000배를 했는데 절한 이후의 해맑은 모습이 너무나 인상 깊었단다. 행여 그 끈이 놓일세라 지금은 새벽마다 108배를 하고 있다.

지은 공덕을 남에게 베풂

47

회향 廻向

회향廻向의 본래 의미는 자기가 지은 공덕을 다른 이에게
베푼다는 것인데, 통상 어떤 일을 마무리하고 성취한 것을
그렇게 이르기도 한다.

처음에 원고 의뢰를 받고 망설인 것이 어느덧 1년 전의 일
이 되었다. 돌아보면 힘든 시기였던 것 같다. 대중처소를 떠
나 막막한 상황에서 청탁을 받았고, 이렇게라도 끈이 있어야
겠다는 생각으로 덥석 수락했다. 사실은 모험이었다. 그러나
모험은 늘 나를 새롭게 해 주는 계기가 된다. 애초 출가할 때
도 결심 반 모험 반의 심정이었다. 그래서 목마른 사람처럼
헤매듯이 정진처소들을 찾아 다녔다. 가끔은 진득하지 못하

다는 핀잔을 듣기도 했지만, 그때의 만행으로 이렇게 1년을 연재했으니 결국 약이 된 셈이다.

그간 원고를 쓰면서 새삼 인연 없이 일어나는 일은 없다는 생각이 자주 들었다. 소싯적에는 문학에 꿈이 있어 칠갑산 대표로 글짓기에 나간 적도 있고, 출가 전까지 썼던 일기를 모아 친구에게 읽어 보라 주기도 했다. 입산해서도 10년 전에 『법화경』 영험담을 1000매 정도 번역했고, 3년 전에는 4개월여 라디오 불교방송에서 강의하면서 『원각경대소』를 1500매 가량 번역했다. 그리고 이따금 장편소설을 읽곤 하는데 지난해에 『삼한지』, 『와신상담』, 『초한지』를 읽었다. 어쩌면 그 인연으로 낯섦 없이 이번에 파지와 함께 1000매 가까운 원고를 탈고할 수 있지 않았나 싶다.

결코 녹록한 일이 아니었다. 첫 마디가 떠오르지 않아 하루 종일 끙끙대기도 했고, 문장과 문장 사이를 잇는 적당한 어휘 하나를 찾기 위해 반나절을 고심하기도 했다. 그보다 소재가 더 문제였다. 초반에 세운 계획이 중반까지는 들어맞았지만, 후반으로 갈수록 계획이 엉컸다. 매주 새로운 소재와 이야기를 떠올리려니 말 그대로 애가 타는 듯했다. 마감 전날에 마무리가 되지 않았을 때는 꼬박 날을 지새우며 별과 달을 벗 삼았다. 정말이다. 더 이상 물러설 수 없는 한계에

다다른 느낌이 들면, 정진에 대한 자존감으로 더더욱 즐기듯 임하려 했다. 사실, 행복했다. 지난 날 걸망 하나로 주유천하 周遊天下하던 호기浩氣를 돌이켜 보니 뿌듯하기도 했고, 동시에 내가 지금 이 자리에 안주하고 있는 것은 아닌지 자성해 보는 마음이 들기도 했다.

마음고생도 있었다. 지난봄부터 난데없이 피부병이 생겨, 한밤중에 괴로워 깨어날 때는 피부를 한 꺼풀 들어냈으면 하는 극한 생각이 들 정도였다. 이내 마음을 추슬렀다. 그간 잘못한 업이 녹는 과정이며 자만하지 말라는 경고라 생각하고 담담히 받아들이니, 인내함으로써 오히려 원고에 더 집중할 수 있었다. 다행히 요즘은 잦아들어 거의 말끔해졌다.

고비가 있었다. 중반을 지날 즈음 따끔한 충고(?)가 있어 중단할까 고민했는데, 주위의 위로와 격려에 용기를 냈다. "글을 통해 인격과 더불어 온정과 자상함을 읽을 수 있었습니다!", "이전의 정서를 일깨워 줘서 감사합니다!"와 같은 내용이 담긴 독자의 편지도 받았다. 솔직 담백하고 가식적이지 않으며 군더더기가 없어서 좋았단다. 두루 감사드린다.

평소 마음에 새기는 경구가 있다.

실제이지불수일진實際理地不受一塵 불사문중불사일법佛事門中不捨一法.

곧 진정한 이치 자리에서는 한 티끌의 어긋남도 용납될 수 없지만, 불가(승가)에서는 모든 것을 수용한다는 내용이다. 그동안 허물이 있었다면 내 개인으로 한정되었으면 한다. 그리고 은연중에 거론된 어른스님과, 함께 정진했던 스님들께 누가 되었다면 이 자리를 빌려 다시 한 번 참회하는 마음 드리는 바이다.

이 원고들은 책자로 출간될 예정이다. 어느 시인은 말했다. "안녕! 날 위해 울지 말아요." 나도 한마디 할까보다. "안녕! 날 위해 읽어 보세요."

어느 구참 납자의 한마디를 적으며 이제 그만 막을 내려야겠다. "좌복을 지키는 복이 으뜸입니다!"

4부

절망을 흔드는
오래된 바람

몸과 마음은
물들지 않느니라

48

만행 萬行

해제하면 가장 먼저 떠오르는 말이 만행이다. 통상 만행을
전반적인 수행이라 통틀어 일컫지만, 제한적으로는 해제 때
제방諸方에 유행하는 정진을 의미한다. 그 만행에는 반드시
'걸망'이 연상된다.

해서 해제하는 날 별반 외출할 일이 없어도 빈 걸망이라도
지고 산문 밖까지 갔다 오라고 한다. 그만큼 해제가 되었어
도 만행 곧 수행하는 자세로 임하라는 뜻이기도 하다.

강원시절엔 해제와 동시에 방학이라 걸망을 지고 꽤나 만
행을 나섰다. 늘 동행한 도반이 있었는데, 국수를 먹을라치
면 멸치 국물이 걸려 맹물에 헹굴 정도로 철저했다. 그런 모

습에 식당에서 종종 공양 값을 대신 해주는 일이 많았다. 그 때면 출가한 것에 대한 보람을 느끼는 반면, 음식에 좀 자유로웠던 나 자신을 여러모로 돌아보는 계기가 되었다.

당시 '등불'라는 사보에 '걸망'이라는 제목으로 글을 썼는데 공교롭게도 발송되기 전날 오밤중에 그 도반과 걸망을 지고 나왔다가 보름 만에 다시 강원으로 돌아왔다. 이를 본 강주 스님은 당분간 글 쓰지 말라는 당부를 하시면서 다시 입방을 허락해 주셨다. 말이 씨가 되고, 입이 보살이라는 말처럼 꼭 그렇게 된 셈이다. 그러한 인연이 있어서인지 지금은 그 도반과 가까운 곳에서 나란히 강주 소임을 맡고 있다.

걸망을 진다는 것은 그 처소를 떠난다는 의미다. 납자들은 걸망을 지려면 밤새 준비를 해 놓았다가 대중들이 새벽 예불에 참여한 틈을 타서 소리 없이 남들의 눈에 띄지 않게 떠나는 것이다.

90년대 초에 법주사에서 5~6개월 강의하던 어느 날, 수업 준비를 하다가 즉석에서 책을 덮고(당시에 서장과목) 훌쩍 걸망지고 나와 전 대중을 황당하게 한 일도 있다. 돌이켜 보면 어떻게 그럴 수 있을까 싶어도 당시만 해도 걸망에 대한 정서가 그만한 일은 묻어 넘어가게 할 수 있었다.

또 다른 인상 깊은 강원 도반이 있었는데, 치문을 외우기가

무척이나 힘겨웠던그 스님은 치문을 가르치던 스님으로부터
더 이상 감당하기 힘들다는 말에 그만 걸망을 졌단다. 송광
사에서 공부했던 스님은 새벽에 걸망지고 나오는 내내 엉엉
울었다 한다. 얼마나 사무쳤던지 치문을 공부하는 동안 같은
책 세 권을 갖고 했다. 한 권은 수업 시간용. 또 한 권은 들고
다니면서 외울 때, 다른 한 권은 예습과 복습용으로 공부한
덕에 무사히 강원생활을 마쳤고 요사이 선원에서 열심히 정
진하고 있다.

근간 손수 운전하는데 익숙하다 보니 걸망지고 다닐 때의 열정이 식은 듯싶다. 이번 해제 날에는 그날의 순수했던 열정을 되살리고 세상인심도 알아볼 겸 휴대전화 없이 단 며칠만이라도 운전 하지 않고 걸망을 져야겠다.

혹시 아는가? 이 글을 읽은 이와 마주쳐 옛 친구를 만난 기분으로 이야기를 나눌지.

마침 만행할 때의 마음가짐과 경계하는 내용인 것 같아 「방등경」 해혜보살품의 한 대목을 소개한다.

"선남자여! 마치 미묘하고 깨끗한 유리 보배는 진흙 속에 묻혀 백년을 지나더라도 그 본성은 언제나 깨끗하여 꺼낼 때는 본래와 같듯 보살마하살도 이와 같아서 마음은 언제나 그 본성이 청정하여 객진번뇌(청정한 본성에 객이나 먼지가 흩트리듯)에 가려질 지라도 객진번뇌가 그 청정심을 더럽히지 못하나니, 청정심을 마치 구슬이 진흙 속에 있어도 진흙이 더럽히지 못하는 것과 같기 때문이다.

그러므로 보살은 항상 복덕을 장엄하고 닦기를 즐거워하며, 여러 세계에 있으면서도 삼보를 즐겨 공양하며, 중생을 위하여 힘껏 심부름하기를 즐겨하여 탐심 나는 곳에서도 탐심을 일으키지 아니하며, 정법을 보호하여 가지며, 은혜롭게 보시하는 일을 즐겨하며, 청정한 계행을 구족하며 인욕 하는 마음을 장엄하고, 부지런히 정진을 행하며, 선

의 뜻을 장엄하고 지혜를 닦으며, 청정한 범행을 많이 듣고도 싫어하
는 일이 없으며, 신통과 37조도품을 닦느니라.

　선남자여! 보살은 이러한 법을 행하되, 번뇌에 물들지 않으며, 삼
계에 집착되지도 않고 착한 방편을 행하는 공덕력을 지니므로 비록 삼
계에 다닐지라도 몸과 마음은 물들지 않느니라."

<u>49</u>

동안거 정진

　백양사의 흰 눈을 볼 때면 언제나 지리산 반야봉에 있는 묘향대에서 정진한 일이 연상된다.

　1993년 늦가을, 뜻을 같이 한 납자 일곱 명이 묘향대에 모였다. 보름간 용맹정진을 하기 위해서였다.

　일주일쯤 지났을까? 성철스님의 입적 소식을 접하고도 모두가 "이 기회에 더욱 열심히 정진해서 그 뒤를 이어 보자는 각오"로 보름을 채우고는, 3명의 납자들과 함께 동안거에도 그 곳에서 계속 정진할 것을 기약하고 하산했다.

　당시 여러 해를 그곳에서 주석한 스님께서 "한번 눈이 오면 허리 이상이기에 해동해야 나올 수 있어요."라는 말씀에,

일단 정진을 떠나서 한 철 꼼짝 않고 있는 것만으로도 큰 공부가 되겠다 싶어 흔쾌히 마음을 냈다.

안거에 앞서 노고단에서 묘향대까지 왕복 열 시간 거리를 다섯 명이 월동용품을 지고 꼬박 보름가량 날랐다. 지리산에서만 십년 살았다는 젊은 처사가 스님들이 용맹정진 한다는 소식을 듣고 수희동참했기에 준비가 한결 수월했다.

그 처사는 학창시절 운동으로 다진 몸인데다 그동안 짐을 지고 자기를 따라붙은 사람을 별로 본적이 없는데 짐을 나르는 내내 그 뒤를 바짝 쫓아다니는 납자를 보고 고개를 갸우뚱할 정도였다.

본격적으로 정진이 시작되자 그간 대중처소에서 느끼지 못했던 일들을 많이 접했다.

한 날은 찌개를 담당한 스님이 수세미로 씻은 감자를 껍질도 벗기지 않은 채 얇게 써는 모습을 신기한 듯 바라보자 이내 설명해 주었다. 얇게 썰면 미세한 흙도 떨어져 나간다는 지론이었다. 순간 번쩍하는 느낌을 받았다. '검소함이란 저런 것이고 저렇게 사는 방법도 있구나!'하고.

평소 소식小食인 탓에 한철 내 일종식이 다소 부담스럽긴 했지만, 그러한 감동이 있었기에 어렵지 않았다. 어쩌다 지금의 생활이 조금은 풍족한 것에 익숙해 진 것은 아닌지 생각이 들 때면 그때의 일을 되새겨 보곤 한다.

당시 같이 지냈던 납자들이 아직도 선원에서 정진하고 있다는 소식을 접할 때면 여간 뿌듯하지 않다. 모쪼록 이번 성도재일에 즈음하여 마음이 활짝 열리어 강단에 펼쳐진 금강경을 말없이 덮어줄 '일할一喝' 이 있었으면 좋겠다.

지금쯤 그 곳엔 온통 하얀 세상이리라. 누가 말했던가. 인생은 눈밭에 발자국을 남기는 것이라고. 해가 뜨면 사라질…….

한 해를 마감하면서 이런 저런 일들로 얽혀진 일이 있었다면 눈이 녹는 그 곳에 찌꺼기를 담아 깡그리 녹여 버렸으면 하는 마음 간절하다.

백양사에 눈 오는 날
멋들어진 발자국을 내리라.
사라지는 모습도 아름답겠지.

<u>50</u>

수행자

"말에 복이 있다."고 한다. 덕스러운 말을 하면 복도 더불어 생긴다는 의미다. 반면에 구시화문口是禍門이란 말은, 잘못된 말은 화(재앙)를 불러온다는 것이다.

산속에 살면서 뭐 그리 심한 말을 할 일이 있을까 싶어도 막상 어느 경계에 부딪치면 순간적으로 좋지 않은 말이 나올 때도 있다. 욱! 하다 보면 말도 자연 거칠게 나오는데, 결국 그러한 마음을 다스리는 것이 수행인데도 불쑥 내뱉고 후회하곤 한다.

일전에 고속도로 휴게소에 들러 차를 마시고 있는데 어느 중년쯤 되는 두 여인이 다짜고짜 다가와 "할렐루야. 믿어야 천국 갑니다."하고는 휑하니 지나쳤다. 그간 이런 일이 좀처럼 없었는데, 당황스럽기도 해서 한마디 해야겠다 싶어 마음을 내려는 순간에 그들은 벌써 저만치 가버린 뒤였다. 잠시 후 편의점에서 물건을 사고 정산하려는데 공교롭게도 바로 앞에서 그분들이 계산을 하고 있었다. 아니나 다를까, 이번에도 좀 전에 한 말을 되풀이 했다. 그분들의 말이 끝나기가 무섭게 한마디 했다.

"그 말 듣고 천국 갈 것 같으면 천국 가지 못할 사람 아무도 없겠습니다." 이 말이 채 끝나기도 전에 대답도 없이 또 급히 가버렸다. 마침 계산대에 있던 아가씨의 "좋은 하루 되세요."라는 위안(?) 섞인 말로 대답을 대신해야 했다.

가뜩이나 종교 간의 화합을 도모하는 요즈음, 극히 일부이긴 하겠지만, 찬물 끼얹는 소리인 듯싶어 씁쓸했다. 그렇다 해도 강산이 두 번이나 변하도록 산속에 살았으면 좀 더 점잖은 표현은 없었을까 하는 아쉬움도 남는다

이제 곧 초파일이다.

'천상천하 유아독존天上天下 唯我獨尊'의 의미를 다시 한 번 되새기는 계기가 되었으면 한다. 누구나 한 결 같이 인간의 존엄성이 있다는 의미는 곧 서로를 존중하는 마음이라 할 수 있겠다. 서로를 인정하고 존중할 때 거기서 우러나오는 말은

자연히 맑고 부드러운 말이 될 것이다.

　모쪼록 이번 초파일을 계기로 모두를 자비로 섭수하는 넓은 마음을 내어 상대를 존중하는 말들로 세상이 가득했으면 한다. 복은 그렇게 오지 않을까 싶다.

　마침 「방등경」의 다라니자재왕보살품에 아름답고 복되는 표현의 말들이 있어 소개한다.

진정한 말/ 풀기 쉬운 말/ 알기 쉬운 말/ 높지 않은 말/ 낮지 않은 말/ 굽지 않은 말/ 거칠지 않은 말/ 어둡지 않은 말/ 부드럽고 연한 말/ 가볍지 않은 말/ 질투하지 않는 말/ 두려워하지 않는 말/ 감로의 말/ 사랑스러운 말/ 차례 있는 말/ 장엄한 말/ 공경하는 말/ 듣기 즐거운 말/ 탐내지 않는 말/ 청정한 말/ 속이지 않는 말/ 어리석지 않은 말/ 걸림이 없는 말/ 넓은 말/ 진실한 말/ 조작하지 않는 말/ 안락한 말/ 몸이 고요한 말/ 마음이 고요한 말/ 사론(邪論)을 깨뜨리는 말/ 선한 법을 늘이는 말/ 때에 맞는 말/ 간략한 말/ 족함을 아는 말/ 장엄을 베푸는 말/ 계를 청정히 하는 말/ 정진하여 회통한 말/ 지혜를 구족한 말/ 기뻐하는 말/ 찬탄하는 말.

여래는 성취한 까닭에 모든 말씀을 지혜를 따라 행한다.

<u>51</u>

초파일

　이제 곧 초파일이 다가온다. 이날은 어린이날에 아기 부처 님이 오시게 되어 경사가 두 배 그 이상일 것 같다.

　공교롭다기 보다는 근기에 맞춘 수기설법隨機說法 그대로 보이실 것 같아 더욱 기쁘다. 어느 때보다도 어린이 포교가 절실한 즈음, 다시 한 번 돌아보는 계기가 되었으면 한다.

　학인 시절, 어린이 법회를 일 년여 진행한 적이 있었다. 주위의 권고와 함께 평소 굳은 표정을 완화시킬 수 있는 기회라 싶어 선뜻 임했다. 고심 끝에 매주 법회는 각국의 민화와 설화집을 모아서 그 중에 접맥되는 부분을 발췌하여 자료로 활용했다. 얼마간 동화同和되었는지 30여명에서 시작된 인원이 한 해가 다 될 무렵 90여명이 되었을 땐 큰 보람을 느꼈다.

어느 날 분위기를 띄우기 위해 퀴즈를 냈다가 띵, 한 방망이를 맞은 듯했던 일이 아직도 기억에 생생하다.

'포수가 나란히 앉은 열 마리 참새 중에 맨 앞에 있는 새를 쏘았을 때, 마지막 죽으면서 한 말이 무엇일까' 하는 것이었다. 대답은 분분했다. '짹'에서부터 '왜 쏴' 등등. 이젠 답 해야겠다 싶어 막 입을 열려는데, 당시 5학년 쯤 되는 여학생이 일어나 말했다.

"나머지 아홉 마리는 쏘지 마세요."

순간 숨이 멈출 뻔 했다. 준비한 답은 "나만 참새인가?"였다.

그 말을 했더라면 웃기기는커녕 부끄러운 것은 차치하고, 그 학생에게 줄 마음의 상처가 얼마나 컸을까 하는 생각에 더욱 아찔했다. 얼른 말을 돌렸다. "이렇게 법회에 나오는 것은 저 착한 마음을 내려고 오는 거겠지요. 그렇지 않다면 "나만 참새인가"하고 죽었겠지요. 가까스로 말을 맺었다.

어린이는 어른의 스승이란 말이 실감난 순간이었다. 해서 옛 스님들도 선지식은 나이에 상관없이 가장 가까이에 있다고 했는가 보다.

　요즈음 전문화 시대인 만큼 수많은 분야에서 다양한 선지
식(?)이 많은 세상이다.

　마침 아함부에 있는 「하고경」에 선지식과 악지식을 관찰하
는 내용이 있어 소개하고자 한다.

　"바라문이여! 선지식은 보름으로 향하는 달과 같다고 관찰하고 악
지식은 그믐으로 향하는 달과 같다고 관찰하라."

　선지식이 선법을 구족해 가는 것은 마치 달이 보름을 행해
가는 것 같고, 악지식이 선법을 잃어가는 것은 마치 달이 그

믐으로 향해 가는 것 같다.

즉, 선지식은 여래의 바른 법률에 있어서 믿음을 얻은 뒤에는 순종적이며 효순하고 공경하여서 소행을 바르게 하고 그런 뒤에는 바른 지혜를 세워 믿음과 계와 지혜와 서원을 증장시켜 나아가며 계속해서 다음 법으로 증장시켜 올라감으로써 마지막에는 선법을 원만하게 구족하는데, 이것은 마치 달이 나날이 풍만하고 밝아져서 보름달이 되는 것과 같다.

반면에 악지식은 여래의 바른 법률에 있어서 믿음을 얻은 뒤에 때때로 순종하지 않고 효순하지 않으며 공경하지 않다가 소행을 바르게 하지 못하게 되고 그런 뒤에는 바른 지혜를 세우지 못하여 믿음과 계와 지혜와 서원도 증장시킬 수 없게 되니, 계속해서 다음 법으로 나아가기는커녕 기존의 믿음과 계, 지혜마지도 잃게 되어 선법을 멸하게 되는데, 이것은 마치 그믐으로 향하는 달이 나날이 이지러져서 나중에는 아예 볼 수 없게 되는 것과 같다.

그러므로 악지식은 처음에는 불교의 가르침에 들어와 믿음을 지녔다가 차츰 배우지 않고 수행하지 않아서 선법을 잃고 악도로 떨어지는 이로서 주변 사람까지 망쳐놓는 마성을 지녔기 때문에 크게 경계해야 하느니라.”

어찌 달이 보름으로 향한다 해서 기존의 달이 커질 것이며,

그믐으로 향한다 하여 작아지거나 사라지겠는가.

결국 선지식과 악지식 또한 양면을 이야기 할 뿐 근본은 같지 않을까?

모쪼록 이 번 부처님 오신 날에 즈음하여 '삶'과 '불교'의 근본에 대해 다시 한 번 성찰할 수 있는 계기가 되었으면 한다.

"스님의 옷자락에
매달려……"(2)

52

마음 자세

7월 초 조계사 법상에서 부른 노랫말의 첫 소절이다.

이 노랫말로 대중 앞에서 두 번을 불렀는데 이번이 두 번째였다. 그러나 반응은 정 반대였다.

처음엔 1992년도 송광사 율원에 있을 때 하계 수련회 습의사를 하면서 회향 전날 돌발적으로 불러 사건(?)화가 되었다. 수련생들과 질의 응답시간에 적당한 시기를 보아 들고 있던 마이크를 바닥에 놓고 백여 명의 수련생 앞에서 육성으로 노래를 했다. "사랑도 놓고 미움도 놓고 얽히었던 정도 놓고 마음 걸망의 무상을 담아 고행 길을 ……." 도신 스님의 '무상'이 끝나기가 무섭게 앙코르 박수가 나왔다. 어느 정도

예상은 했지만 내친김에 한 곡 더 했다. "스님의 옷자락에 매달려 눈물을 ……" 어느 대중 가수의 노랫말에 한 단어만 바꿔 불렀는데 다음날 도신 스님의 테이프가 서점에서 동이 났고, 많은 분들이 눈물을 흘렸다면서 몇몇 거사님들은 다음엔 어디 가서 부르지 말라는 당부 아닌 당부를 하기도 했다. 당부의 말대로 한 동안 잊고 지냈다.

그런데 이번엔 조계사 법상에서 그날을 연상하며 치기稚氣로 한 번 더 불렀다. 그러나 반응은 지난 날 그때와는 전혀 다른, 모두가 웃음바다가 되었다. 그도 그럴 것이 그때는 4박 5일을 묵언으로 수련한 끝에 얼마간 스님들이 생활상의 엄숙한 분위기에 감정이 이입되어 그만 심금(?)을 울렸다면, 이번엔 법회 중간에 여담 섞어 부른 노래여서 전혀 다른 반향反響을 보였다.

요즈음 생각지 않은 법회에 간간이 서다보니 스님들을 상대로 하는 강의에 익숙한 처지로서는 당혹스러울 때가 있다.

이번에도 첫마디 게송을 하고는 해석할 내용이 생각나지 않아 잠시 뜸을 들였는데도 끝내 기억하지 못하고 한 대목은 설명하지 못했다. 일전에는 통도사 화엄산림 법상에서 나열하는 순서가 뒤바뀌어 정정을 하기도 했다. 그때마다 자연스레 시인을 하다 보니 그것도 하나의 방법임을 알았다. 굳이

메모를 해서 강의를 해도 되겠지만, 메모에 의존하기 보다는 순간적 영감에 의존하는 것이 평소 강의에서 암송이 자연스레 몸에 베어든 상태였기에, 다소 긴장되더라도 순간적으로 퍼뜩 떠오른 내용이 더욱 현장감 있게 전달되리라는 생각으로 강의를 하고 있다.

그렇게 암송해서 할 수 있었던 것은 다분히 치문반 스님들의 수업 덕분이다. 강주로 부임한 첫 해에는 당일 수업한 내용만을 암송하는 방식으로 수업을 했다. 다음 해엔 왠지 하루 분량을 외우다 보니 수업하는 자신이 긴장이 덜하고 타성에 젖는 듯하다 전전날까지 이틀 분량을 외었다. 그런데 하루의 분량을 외울 때 보다 오히려 열의가 더해 한 명도 예외 없이 암송했다. (수업에서 암송을 확인하기 위해선 본인도 똑같이 책을 덮고 외워야 하기에) 이제 삼 년째 접어들다 보니 암송하는 것이 자연스러워졌다. 또한 치문반 수업을 하고는 곧장 대교반에서 화엄경 강의까지 연계되니 암송에 이해력까지 더해져 강의를 한다기보다 오히려 더 배우는 느낌이 든다.

이렇듯 상황은 어떠한 마음자세로 임하느냐에 따라 본인은 물론 주변의 상황까지도 변화시킬 수 있다고 본다. 「원각경」에서는 '심청정 국토청정心淸淨 國土淸淨'이란 경구가 있다. 내 마음이 청정하면 국토 곧 주위의 모든 환경(경계)도 청정해 진다는 것이다.

똑같은 노래가 정반대의 반응을 불러온 것도, 그러한 분위기가 될 수 있었던 것도, 어떠한 마음자세였는가에 따라 변할 수 있었던 일이 아니었나 싶다.

그것은 오온을 어떻게 다스리느냐에 따라, 곧 몸色과 마음受想行識을 잘 갈무리 하는 데서 오는 변화일 것이다.

마침 잡아함경의 「무지경」에 그러한 내용이 있어 소개한다.

"비구들이여, 물질·느낌·생각·지음·의식에 대해서 알지 못하고 밝지 못하며, 끊지 못하고 탐욕을 떠나지 못하면 그는 능히 피로움을 끊지 못하느니라. 그러나 만일 물질·느낌·생각·지음·식에 대해서 잘 알고 밝으며, 잘 끊고 탐욕을 떠나면 그는 능히 괴로움을 끊을 수 있느니라.

비구들이여, 물질·느낌·생각·지음·식을 사랑하고 즐겨하는 것은 곧 괴로움을 사랑하고 즐겨하는 것이요, 괴로움을 사랑하고 즐겨하면 곧 괴로움에서 해탈하지 못하느니라. 물질·느낌·생각·지음·식을 사랑하지 않고 즐겨하지 않는 것은 곧 괴로움을 사랑하지 않고 즐겨하지 않는 것이요, 괴로움을 사랑하지 않고 즐겨하지 않으면 곧 괴로움에서 해탈하게 되느니라."

53

올바른 스승

이래서 인연법이라 했는가 보다. 처음 출가한 곳이 바로 낙산사인데 첫 사보에 원고를 쓰게 됐으니, 초심으로 돌아가는 기분이다. 그때는 선선한 계절이어서 가으내 낙엽을 쓸었는데, 그 낙엽 위로 새싹이 돋아나는 봄날에 글을 쓰게 되어 감회가 새롭다. 더구나 그 날의 행자가 강주가 되어 화엄경을 강의하고 있으니 창건주며 화엄의 대가이신 의상 대사께도 조금은 체면이 서는 것 같다.

막상 강주 소임을 보면서 여러모로 부족함을 실감했고 지도자(스승)의 위상과 위의가 얼마나 막중한 가도 절감하게 됐다. 마침 아함부에 있는 '노차경'에 스승에 대한 내용이 있어 소개하고자 한다.

부처님이 말씀하시기를 "세간에는 세 가지 종류의 스승이 있다. 하나는 출가수행하고는 있으나 현재의 모든 번뇌를 제거하지 못하고, 상인上人의 법도 얻지 못했으며, 자기의 이익도 이루지 못하고 제자를 위해 설법하는 스승이다. 그래서 그 제자들은 그를 공경하거나 섬기지는 않고 다만 함께 의지하여 거처한다. 이것은 마치 어떤 사람이 오래된 감옥을 부숴버리고 다시 새 감옥을 짓는 것과 같아, 이름 하여 탐욕스럽고 탁한 악법이라 한다.

둘은, 현재의 모든 번뇌는 없애지 못했으면서도 다소 상인법(商人法)을 얻기는 얻었으나 자기의 이익은 이루지 못한 상태에서 제자를 위해 설법하는 스승이다. 그래서 그 스스로가 제자들로 하여금 자기를 공경하거나 섬기지 않도록 하며 그저 서로 의지하여 함께 거처한다. 이것은 마치 어떤 사람이 남의 뒤를 따라가면서 손으로 그 등을 어루만지는 것과 같아 이름 하여 탐탁貪濁한 악법이라 한다.

셋은, 현재의 모든 번뇌는 없애지 못했으면서도 다소 상인법을 얻기는 얻었으나 자기의 이익은 이루지 못한 상태에서 제자를 위해 설법하는 스승이다. 그러나 모든 제자들은 그를 공경하고 섬기며 함께 산다. 이것은 마치 어떤 사람이 자기

의 벼농사는 내버리고 남의 밭농사를 김매는 것과 같아 이름
하여 탐탁한 악법이라 한다.

어떻게 하면 올바른 스승이 될 수 있는가. 그것은 끊임없이
정근하고 전념專念하여 고요한 삶 속에 홀로 있어도 즐거움
을 느낄 수 있는 데서 연유함이라.

노차여, 사람이 법을 들으면 마땅히 4과(果)를 얻을 것이
다. 그런데 만일 어떤 사람이 있어 가로막아 말하기를 '설법
하지 말라'한다면, 그래서 만일 그 말대로 한다면 사람이 법
으로써 4과를 얻을 수 있겠는가?

남의 설법을 막아 과果를 얻지 못하고 하늘에 나지 못하게

한다면 그는 착하지 않은 마음을 가진 자이고 악도에 떨어질 것이다.”

세간과 출세간의 수많은 스승(지도자)들이 명심해야 할 내용이다.

강원에서 강의할 때면 늘 방에 거는 편액이 있다. '千思不如一行' 천 번 생각하는 것은 한번 실행(실천)하느니만 못함이라. 행여 원론과 이론에 치우치지 않을까 스스로를 경책하기 위해서다.

요즘은 언어의 홍수(?)시대가 아닌지 모르겠다. 이론에 어두운 이를 찾아보기 힘들다. 그래서 몸소 실행하여 체득하는 이를 더 높이 여기는 것은 아닌지. 해서 출가수행자들의 더 많은 수행을 바랄 것이다.

옛 말에 용맹스런 장수는 지혜로운 장수만 못하고, 지혜로운 장수는 덕 있는 장수만 못하다 했는데 거기에 더, 덕 있는 장수는 복 있는 장수만 못하다는 말을 보탠다. 그만큼 복이 수승함을 강조함이라. 그 기저에는 행(실천)이 있어야함을 말 할 나위가 없겠다. 그래서 복은 짓는 만큼 받는다 했는가 보다.

'복이 많아야 출가할 수 있다'하는데 출가해서도 복을 많이 지어야 정진에 장애가 없다하여 대중 생활에 힘들고 궂은 소

임을 자청하는 것도 그래서이다. 그러다 보니 공양주와 정통
(화장실) 소임은 항상 대기해야만 한다.

학인시절 공양주를 6개월쯤 한 적이 있다. 당시 만용심으
로 가끔 객기를 부리던 터라 자신을 다잡고 참회하는 마음에
서 자청했다. 소임전 한적한 법당에서 꼬박 이틀 밤을 삼경
시간을 이용하여 '자비도량참법'으로 기도를 했다. 이후 공양
주를 마칠 때까지 한 번도 공양을 태우거나 잘못된 것이 없
던 걸로 기억한다. 어쩜 그 공덕으로 지금의 위치(?)에 와 있
는 지도 모르겠다.

아직 스승이나 지도자라고 자부하기엔 너무나 부족한 점
이 많다. 위 경에서도 말했듯이 끊임없이 정근하고 전념하여
고요한 삶속에 홀로 있어도 즐거움을 느낄 수 있을 때 올바
른 스승의 역할을 할 수 있으리라 본다. 무엇보다 진정한 스
승이란 자기 자신의 스승이 될 때 비로소 다른 이의 스승도
될 수 있을 것이다.

원각圓覺은
물듦이 없다

54

원각경 강의

단풍이 아름답다

요즘 백양사 단풍은 최절정이다. 특히 애기 단풍이라 해서 잎이 자잘하다보니 더욱 아름답다.

요즘 매주 한 번씩 기차를 타고 서울에 왕래하면서 바깥 풍경까지 감상하게 되어 이 가을을 혼자서 다 차지하는 기분이다.

사실 서울에 올라가는 날은 적잖은 부담(?)을 갖고 가는 날이기도 하다.

하안거 해제하는 다음 날부터 지금까지 긴장을 풀지 못하고 지낸다. 지금껏 여러 정진처소에서 대중 스님들과 지내면

263

서 강의라고는 강원에서 학인 스님들을 상대로 한 것이 다였
는데, 방송국 강의를 하게 된 것이다.

처음 제의를 받았을 때 무척 당혹감마저 들었지만, 이젠 어
느 정도 보람을 느끼게 되어 긴장되면서도 즐거움이 더하고
있다.

제목이 '원각경'이고 보니, 방송 특성상 모든 이에게 통할
수 있도록 내용이 평이하면서도 이해할 수 있어야 한다는 첫
주문에 더 고민스러웠다. 그렇다고 섣불리 편집해서 할 수도
없고 해서 궁리 끝에 규봉 스님의 '원각경 대소'를 번역하기
로 했다.

막상 임하고 보니 교재 말고도 일주일이면 원고지 백여 장
은 별도로 번역을 해야만 충당이 되었다. 그래서 요즘 산속
에 있으면서 정작 안에 있는 정경 보다는 기차로 오르내리면
서 감상하는 바깥 풍경에 더 익숙해져 있다.

다행히 기존의 강의 형태와는 다른 데도 얼마간 호응이 있
는 듯해서 마음이 놓인다.

'원각경' 하면 불자라도 다소 생소한 경이어서인지 금강경,
법화경, 화엄경 보다는 관심이 덜한 것 같다. 그렇더라도 가
까이 할 수 있도록 하는 것이 출가인의 몫이기에 사명감까지
갖고 방송에 임하고 있다. 모처럼 출가해서 부처님 밥값(?)

을 하는 것 같아 자부심마저 든다.

원각경은 말 그대로 원각에 대해 여러 비유를 들어 설명하고 있다. 그 중에 금강장보살장에서 훌륭한 비유가 있어 소개한다.

"세존이시여, 중생들이 본래부터 부처였다면 무슨 까닭에 다시 온갖 무명이 있습니까? 만일 시방의 중생들이 본래 불도를 이루었다가 나중에 무명을 일으킨다면 일체 여래는 언제 다시 일체 번뇌를 일으키겠습니까?

바라옵건대 끝없는 대자비를 버리지 마시와 보살들을 위하여 비밀장을 열어 주시고 겸하여 말세의 일체중생들로 하여금 이와 같은 수다라의 요의법문을 듣잡고 영원히 의심과 뉘우침을 끊게 하소서."

부처님이 비유로 대답해 이르시되, "선남자여! 비유하건대 환(幻)의 가림 때문에 까닭 없이 허공꽃을 보다가 환히 가림이 없어지면 "이 가림이 이미 없어졌으니, 언제 다시 가림들이 일어나겠는가? 가림과 허공꽃 두 가지는 서로가 기다리지 않기 때문이니라. 또 허공꽃이 허공에서 없어졌을 때 허공에서 언제 다시 허공꽃이 생기겠는가? 하지 말아야 한다. 무슨 까닭이겠는가? 허공에는 본래 꽃이 없어서 일어나거나 멸하지 않기 때문이니라. 생사와 열반도 그와 같이 일어났다

멸했다 하지만 묘한 각覺이 두루 비치는 데는 꽃도 가림도 여의었느니라.

선남자여! 잘 알아라. 허공은 잠시도 있는 것도 아니며, 잠시도 없는 것도 아니니라. 하물며 여래의 원각이 수순하여서 허공의 평등한 근본 성품이 되어 주는 터이겠는가.

선남자여! 비유하자면 금광을 녹이는데 금광을 녹임으로써 금이 생기는 것이 아니며, 일단 금이 된 뒤에는 다시 광석鑛石이 되지 않고 끝없는 세월이 지나도록 금의 본성은 무너지지 않나니, 본래부터 성취된 것이 아니라고 말하지 말지니라. 여래의 원각도 이와 같으니라.

선남자여! 일체 여래의 묘한 원각의 마음은 본래 보리와 열반도 없으며 허망하게 윤회함과 윤회하지 않음도 없느니라."

54

아함부 앵무경

화를 내도 출가 사문의 화는 사뭇 다르다.

수행은 곧 화를 다스려 인욕하는 것이 무엇보다도 큰 덕목이기에 더욱 그렇다. 그 대표적인 예로 법화경에 나오는 상불경 보살은 "누구를 만나도 내가 당신을 공경하고 감히 가벼이 여기지 않노니, 당신네가 마땅히 보살도를 수행하여 반드시 성불하게 되리라." 말한다. 이 말을 듣고 욕하고 꾸짖으며 해치는 이가 있어도 여기에 굴하지 않고 늘 이와 같은 말을 되풀이 하여 수기를 받아 성불하게 했다는 내용이다.

혹간 만행할 때면 화를 내야 할 상황에 처하곤 한다. 그때면 일단 인욕하는 모습으로 대처해야지, 그렇지 않고 맞서는 모습으로 대처해서는 '수행인이?'라는 따가운 시선과 함께 도리어 빈축을 사는 일이 생긴다.

이제 산 속에서 지낸 지가 강산이 두 번 변해서인지 공인公人이란 의식과 함께 더욱 조심스런 마음이 든다.

출가한 지 얼마 되지 않아 부산의 한 영결식에서 도반 스님과 함께 의식을 집전하다 중간에 파하고 돌아온 일이 있는데, 지금도 그 때 일만 생각하면 숨이 멈출 것만 같다.

발인제를 마치자 이내 의식을 주선하는 분이 제상에 놓인 만 원짜리 한 장을 들어 앞에 건넸다. 순간 도반 스님과 약속이라도 한 듯 눈을 크게 뜬 채 표정이 굳었다.

"이렇게 주시는 것 아닙니다!"

그제야 눈치를 채고 그 분은 상으로 다시 거두었다.

그런데 문제는 다음이었다.

집전하는 동안 잠시 걸망을 부탁했는데, 그만 그 걸망이 통로 바닥에 놓여져, 지나는 이들이 생각 없이 넘어 다니는 것이었다. 출가 전 남달리 운동을 했던 그 도반 스님은 어떤 모습으로든 행동으로 나타낼 기세였다. 다시 한 번 크게 뜬 두 눈이 마주쳤다.

"갑시다!"

성급히 걸망을 챙겨, 둘은 뒤도 돌아보지 않고 자리를 나섰다. 대문을 막 나서려는데 뒤에서 "스님! 스님!" 쫓아오며 하소연 하듯 부르는 소리에 아랑곳 하지 않고 줄행랑을 치듯 돌아왔다.

얼마 후 상가에 소개한 스님으로부터 상황을 들었다. 애초 시댁이 기독교 집안인 관계로 기독교식으로 의식을 하려 했는데, 그 집 며느리가 불심이 깊은 친정어머니의 적극적인 권유로 어렵사리 불교의식으로 하게 되었다는 것이다. 그러니 그 뒷일이 얼마나 혼란스러웠겠는가?

화는 교만한 데서 생긴다 했듯이 일천日淺한 출가 생활에 지나친 자만심이 앞섰던 것 같다. 늦게나마 간절히 참회를 했다.

마침 아함부 '앵무경'에 화를 냈다가도 다시 돌이키는 바람에 지옥고를 면하고 부처님으로부터 좋은 곳에 나리라는 수기를 받은 내용이 있어 소개한다.

어느 날 부처님이 걸식할 때에 '도제'의 아들 '앵무'의 집에 이르자 앵무는 집에 없고, 큰 평상 위에서 금반의 밥을 먹고 있던 흰 개가 멀리 부처님께서 오시는 것을 보고는 짖기 시작했다. 이에 부처님께서는 흰 개에게 이렇게 말씀하셨다.

"너는 그럴 수 없다. 네가 전에는 곧 잘 따르더니 이제는 짖는구나." 이 말에 흰 개는 몹시 성이 나서 시름에 잠겼다.

얼마 후 집에 돌아온 앵무가 이 사실을 듣고 잔뜩 화가 난 채
부처님을 뵈러 승림 급고독원으로 갔다. 멀리서 앵무가 오는
모습을 보신 부처님이 말씀하셨다.

"도제의 아들 앵무 마납은 이제 목숨을 마치면 팔을 굽혔
다 펴는 동안에 지옥에 떨어질 것이다. 무슨 까닭인가? 그는
내게 몹시 화를 내고 있기 때문이다. 어떤 중생이라도 마음
에 큰 화를 내면 목숨을 마친 후에 지옥에 떨어질 것이다."

앵무가 물었다.

"저 흰 개는 전생에 나의 무엇이었습니까?"

"너의 아버지 도제이다."

이에 앵무는 몇 배나 더 화가 나서 울부짖듯 말했다.

"내 아버지는 크게 보시를 행하였고 재를 올리는 큰 사당을 지었으므로 범천에 나셨을 것인데, 어찌하여 개로 태어났겠는가?"

"네 아버지는 큰 교만이 있었다. 그래서 저 하천한 개로 태어났느니라."

이어 부처님께서 시험할 방법을 주시니, 앵무가 확인하고는 다시 승림 급고독원으로 달음질쳐 왔다. 멀리서 앵무의 모습을 보신 부처님께서는 앵무가 목숨을 마치면 반드시 좋은 곳에 가서 나리라고 수기하셨다. 왜냐하면 부처님에 대하여 지극히 착한 마음을 지니고 있기 때문이라는 것이다.

앵무는 부처님께 여쭈었다.

"고오타마시여! 어떤 인연으로 저 중생들은 다 같이 사람 몸을 받으면서도 지위가 높고 낮으며, 얼굴이 묘하고 묘하지 않나이까? 제가 보건데 목숨이 짧은 이와 목숨이 긴 이가 있고, 재물이 없는 이와 재물이 있는 이가 있으며, 나쁜 지혜를 가진 이와 착한 지혜를 가진 이가 있나이다."

"저 중생들은 자기가 행한 업으로 말미암아 높고 낮음이 있고 묘하고 묘하지 않음이 있느니라. 그는 곧 사람의 수명이 짧은 것은 모든 중생에게 모질게 굴고 짐승을 죽여서 그

피를 마셨기 때문이며, 사람이 수명이 긴 것은 모든 중생을 가엾게 여겨 살생을 끊었기 때문이며, 사람이 병이 많은 것은 주먹이나 칼·막대기 등으로 중생을 못살게 굴었기 때문이며, 사람이 형체가 단정하지 못한 것은 성질이 급하고 번민이 많아 화 잘 내고 걱정과 질투를 많이 하여 사람들과 많이 다퉜기 때문이며, 사람이 위덕이 없는 것은 모두에게 질투를 품었기 때문이며, 사람이 비천한 종족에 태어나는 것은 방자하고 거만했기 때문이며, 사람이 재물이 없는 것은 보시를 행하지 않았기 때문이며, 사람이 나쁜 지혜를 지니고 있는 것은 덕망 있는 사람에게 이치를 묻지 않았기 때문이니라."

55

백중

이제 곧 백중이 다가온다. 그 기간엔 지장기도를 하게 된다.

"지장~보살"

이어 죽비를 세 번 치는 소리에 그 의미를 알았다면 선지禪
智가 있는 수승한 근기이리라.

십여 년 전의 일이다.

평소 그 스님은 늘 큰 단주를 손에 들고 담화(談話) 중간에
약간의 공백이 있을 때면 어김없이 '지장보살'을 소리 내어
정근하셨다.

"날씨가 참 좋습니다."

"그렇습니다. 지장~보살."

"출가 전에도 말씀이 그렇게 느리셨나요?"

"출가 전에는 더 느렸지요. 지장~보살."

그 후 수년이 지나 우연히 자리를 같이 하게 되었다. 첫 눈이 간 곳은 그날 단주를 들고 있던 손이었다.

"웬일일까?"

손에 단주가 들려있지 않아 의아해하며 물었다.

"단주가 없네요."

멋쩍은 듯 빙그레 웃을 뿐이었다. 얼마를 이야기했는데도 그 전에 늘 듣던 '지장~보살'은 끝내 한 번도 듣지 못했다.

그런데도 그날의 정근하던 소리를 듣는 이상으로 그 무엇이 가슴에 와 닿았다.

그렇다. '지장보살'이 몸에 밴 것이 틀림없었다. 해서 굳이 단주를 들지 않아도 밖으로 소리를 내지 않아도 저절로 은은함이 풍겨 나오는 듯했다.

처음 하는 정근이 자신은 물론 타인들로 하여금 얼마간 어설프고 서툰 인상을 줄지 몰라도 끊임없이 한다면 앞의 예를 든 스님처럼 어느덧 본인도 모르게 몸에 배어 풍기게 되리라.

그렇지 않겠는가?

"죄와 고통에 빠진 중생들 가운데 한 사람이라도 성불치

못하면 나 또한 성불하기를 원치 않는다."라는 큰 서원을 세
워 제도하시는 '지장보살'을 정근했으니 …….

　유명한 궁사弓士가 되기까지는 과녁을 향해 무수한 화살로
연습하듯이 기도도 그와 같은 마음가짐이 있어야 하지 않을
까 한다.

　학인學人 시절 자주 두통이 와서 고민하던 때였다. 마침 백
중이 가까운 터라 사중寺中에서 지장기도의 의뢰가 왔기에
이 기회다 싶어 속가俗家 조상까지 위패를 같이 모셨다. 꼬박

일주일을 '지장보살' 정근을 했다.

그 후 얼마를 지났는데도 두통의 기미가 거의 없었다. 이상했다. 그렇게 자주 겪던 두통이었는데 ……

목련존자가 신통력으로 지옥세계에서 고통 받는 어머니를 보고 지극한 효심으로 구제하여 극락세계에 왕생토록 하였다 했는데, 출가 전 일찍 모친을 잃은 것이 마음에 걸려 겸사겸사 해서 위패를 모시고 기도를 한 것이 영험을 본 것은 아니었는지 ……

아무튼 그 후론 두통을 자주 겪지 않았다. 지금도 가끔 약간의 두통을 느끼게 되는데 아마도 그것은 더욱 열심히 정진하라고 남겨둔 약간의 여분으로 생각을 한다.

기도는 마음에서 우러나와야 한다. 그러자면 항상 성성스런 마음이 있어야겠다. 또한 바람이 앞서서는 안 되겠다.

지극한 마음으로 정성스레 임한다면 성취는 반드시 이루어지리라 믿는다.

백중에 즈음하여 지장보살님께 발원하며 이 글을 맺는다.

자비, 인연 고루 지어 온갖 선행 모두 쌓고
고해 중생 남김없이 모두 구원하시고자
성불을 뒤로 미루시고 크신 원력 세우사

손에 드신 석장으론 지옥문을 여시옵고

손 안의 마니주는 대천세계 비추시며

염라대왕 업경대에 어느 때고 계시면서

남섬부주 중생들이 지은 공덕

증명하여 주옵시는

대비대원 대성본존 지장보살님께

엎드려 비옵니다.

'지장보살'

털모자의 따뜻한 추억

56

종송

성큼 다가온 추위에 머리는 모자의 덕을 보고 있으니 정녕 겨울이다. 출가인에게 '강원 도반은 평생 도반'이라는 말을 흔히 한다. 사회에서도 초등학교 때의 추억을 오래 간직하듯, 출가해서 초발심한 시기에 몇 년을 한 방에서 한 솥밥을 먹으니 당연한 일이겠다. 그래서 인지 어쩌다 원고 청탁을 받으면 대뜸 떠오르는 일이 강원의 추억이다.

종송 소임을 보게 된 때의 일이다. 내리 이년 여 종송과 대종을 치고 한 도반 스님은 같은 기간 북을 쳤다. 도량석이 마침과 동시에 이어지는 소임인지라 큰 방에서 기상과 동시에 십여 분 동안 급히 준비를 하다 보니 거의 뛰다시피 했다. 더구나 종송을 종각에서 했기에 한 겨울에도 모자를 챙길 틈도 없어 줄달음 했으니 평소 가깝던 거리도 새벽에는 어찌 그리도 멀었던지, 아무튼 그때 다져진 뜀박질(?)은 지금까지도 유효한가 보다.

어느 겨울날 유난히 추웠음에도 미처 모자를 챙기지 못한 채 종송을 하고 있는데 무엇인가 머리를 감싸는 느낌이 들었다. 멈칫 돌아보니 북을 치는 도반이었다.

그만 목이 콱 메었다. 추위보다도 '내게도 이러한 도반이 있구나!' 하는 데서 온 감동이었다.

당시 학인으로서 남달리 객기가 심했던 탓에 주위의 보이지 않는 눈총으로 외로움을 탈 때였으니 감동 그 이상이었다.

더 이상 종송을 못하고 그 도반이 이어서 하는 동안 찡한 가슴을 한켠에 앉아 삭혀야만 했다.

그 뿐이 아니었다. 간혹 좀 늦을 성 싶으면 어김없이 먼저 가서 종송을 시작해 놓곤 했다. 그립다. 그래서 추억은 아름다운가보다.

훗날 한 스님으로부터 당시 행자로 있으면서 아침 종송이 너무 좋아 담장 밑에까지 와서 듣기도 하고, 때론 행자실 문을 활짝 열어 놓고 들었던 감동으로 흠모하는 마음까지 생겼

다고 했다.

　도반과의 교감이 그렇게 전달되었으리라. 그때의 감동이 이어졌는지 지금까지 마음을 통하는 가까운 도반으로 지내고 있다. 이번 삼동을 선원에서 정진하고 있는데 문틈으로 황소 한 마리. 여의如意하지 않으면 송아지라도 꼭 목격했으면 한다.

　일전日前에 털모자를 씌워주었던 도반스님을 찾아갔다. 반가와 했다. 줄곧 반나절 가까이 앉아서 차를 마셨는데 시간이 어떻게 지났는지 모를 정도였다. 해서 '포대는 새 포대요, 정은 옛정'이라 했는가 보다. 일어설 때 차까지 챙겨준 온정이 네 시간여 달려오는 동안에도 식지 않았다. 참 좋았다.

도반 스님이 굴지의 승보종찰에 어엿한 강주로 부임하여 더없이 흐뭇하다. 부디 털모자를 씌워주던 자상한 마음이 모든 학인들에게 전해져 장애 없는 나날이 되기를 발원한다.

팔만대장경이
거기에 다 있습니다

57

방광 放光

　방광放光이란 말은 심광心光의 힘으로 중생의 마음을 열어
준다는 말이다. 그런데 선가禪家에서는 종종 정진 중에 순간
의 경지를 오도悟道한 것으로 착각하여 깨친 듯 행세하는 것
을 빗대어 방광이란 말을 하곤 한다. 아마도 중생의 마음을
열어 줄 수도 있지만 역설적으로 닫게 할 수도 있다는 의미
로 그렇게 표현하는 것 같다.

　지금은 그러한 사례를 흔히 볼 수 없지만 얼마 전까지만
해도 선원에서 가끔은 어른 스님이 하던 거양擧揚(어른 스님이
법을 들어 보이는 의식)을, 정진하던 수좌 스님이 법을 들어 보
이는 일들이 종종 있었다. 때론 그 표현방식이 예측할 수 없

기에, 어른 스님이 법문할 때면 몇몇 시자 스님들이 법상 주위를 호위(?)하는 경우까지 있었다.

일례로 법문하는 스님의 좌복을 엎는다든지, 갑자기 주장자를 빼앗거나, 심한 경우에는 느닷없이 어른 스님의 배를 걷어차는 일 등을 대비하기 위해서.

설사 그러한 거량을 한 스님일지라도 대중생활을 통해서, 그리고 어른 스님의 인가를 거쳐 올바른 공부였는지 점검 내지 검증을 받기에, 깨닫지 못했는 데도 깨달았다고 거짓말하는 대망어大妄語의 무거운 계戒를 피할 수 있다.

반면 재가자가 기도를 통해 체험이나 영험을 얻었을 때는, 출가자와 같은 점검을 받기 보다는 당사자의 주관적인 판단이 앞서다 보니 체험 그 이상으로 표현하는 일이 있다. 그 또한 형식은 달라도 방광의 일종이라 할 수 있겠다.

일전日前에 평소 알고 지내는 분과 통화를 하게 되었다. 근황을 이야기 하는 중에 마침 그때 불교방송에서 원각경 강의를 하고 있어서 자랑 삼아 얘기 하니, 대뜸 "원각경이 무엇인가요?" 하는 것이었다. 순간 아차 싶어 잠시 말을 멈추었다. 그리고는 다른 화제로 돌려 가까스로 통화를 끝냈다. 그분의 정황으로 볼 때 원각경의 내용을 알기 위해서라기보다는 경을 공부하는 것이 그저 부질없는(?) 방법이라는 말이 금방이라도 나올 것만 같은 느낌을 받아서였다.

그도 그럴 것이, 그 분은 제방에서 결가부좌로 소문난 스님의 지도를 받고 특히 신병身病에 대한 영험을 얻어 결가부좌에 대한 신뢰가 대단하다. 그렇다 보니 결가부좌 외에 다른 공부 방법이 없다 할 정도로 믿음이 꽉 차 있었다.

예상은 적중했다. 얼마 후 다시 통화를 하게 되었는데, 대화중에 이번엔 이쪽에서 물었다.

"결가부좌가 무엇인가요?"

기다렸다는 듯이 바로 답이 왔다.

"팔만대장경이 거기에 다 있습니다."

순간 욱! 하는 생각이 들었지만 마음을 다잡고, 열심히 정진하는 모습이 좋다는 말로 대화를 마쳤다.

수분지족守分知足이란 말이 있다. 분수를 지켜 만족할 줄을 안다는 내용이다. 그것이 지나쳐 과분과족過分過足, 즉 분수를 지나쳐 만족이 지나치면 오히려 부족한 것만 못한 경우가 되지 않을까 싶다.

그 일로 인해 그 분을 탓하기 보다는 올바로 제접하지 못한 자신을 돌아본 계기가 됐다.

마침 아함부의 「부미경」에 좋은 예가 있어 소개한다.

"세존이시여, 어떤 것을 네 가지 비유라 하나이까?"

"첫째는, 잘못된 소견을 지니고 잘못된 선정을 행하여 도과를 구하는 것은 마치 쇠뿔을 짜서 젖을 얻고자 하는 것과 같아서 원이 있든 없든 도과를 얻을 수 없다. 올바른 소견을 지니고 올바른 선정을 행하여 도과를 구하는 것은 마치 배불리 잘 먹인 소의 젖을 짜서 젖을 얻고자 하는 것과 같아서 원이 있든 없든 도과를 얻을 수 있다.

둘째는, 잘못된 소견을 지니고 잘못된 선정을 행하여 도과를 구하는 것은 마치 타락죽을 얻기 위해 물을 베 조각에 넣고 짜는 것과 같아서 원이 있든 없든 도과를 얻을 수 없다. 올바른 소견을 지니고 올바른 선정을 행하여 도과를 구하는 것은 마치 타락죽을 얻기 위해 타락을 베 조각에 넣고 짜는 것과 같아서 원이 있든 없든 도과를 얻을 수 있다.

셋째는, 잘못된 소견을 지니고 잘못된 선정을 행하여 도과를 구하는 것은 마치 기쁨을 얻기 위해 기름 짜는 기구에 냉수에 담갔던 모래를 넣고 누르는 것과 같아서 원이 있든 없든 도과를 얻을 수 없다. 올바른 소견을 지니고 올바른 선정을 행하여 도과를 구하는 것은 마치 기름을 얻기 위해 기름 짜는 기구에 더운 물로 불려 둔 삼씨를 넣고 누르는 것과 같아서 원이 있든 없든 도과를 얻을 수 있다.

넷째는, 잘못된 소견을 지니고 잘못된 선정을 행하여 도과를 구하는 것은 마치 젖은 나무로 불 섶을 삼고 젖은 나무를 비벼 불을 내고자 하는 것과 같아서 원이 있든 없든 도과를 얻을 수 없다. 올바른 소견을 지니고 올바른 선정을 행하여 도과를 구하는 것은 마치 마른 나무로 불 섶을 삼고 마른 나무를 비벼 불을 내고자 하는 것과 같아서 원이 있든 없든 도과를 얻을 수 있다."

58

도량석

어느덧 가을바람이 분다. 전례 없던 세찬 바람에 황량해진 들에도 익을 것은 무르익고 있다. 그래서 가을바람이 좋은가 보다.

처음 출가할 때가 요즘 같은 시기였기에 가을 내내 낙엽 쓸던 일이 생생하다. 예전의 어떤 스님은 잘못 쓸었다하여 그렇게 하기를 열두 번째 가서야 마음이 열렸다는 일화가 있다. 해서 도량을 쓰는 것을 소심지掃心地라 한다.

매년 이맘때가 되면 생각나는 일이 있다. 처음 입산하여 도량을 쓸고 나면 무엇을 해야 할지 모르고 있을 즈음 한 눈에 들어온 것이 있었다. 호박이었다. 어느 날 누렇게 익은 호박을 온 종일 짐져 나르고는 내리 긁었다. 그렇게 삼일이 되던 날 은사스님으로 예정된 분이 오셔서 물었다.

"호박만 긁나?"

순간 가슴이 찡했다. 무엇을 바란 일이 아니었지만 관심을 받게 된 데 대한 안도감에서였다.

그 일이 있은 후 다음날 거처할 방을 정해 주시며 말씀하시기를 "방을 정해 주는 것은 이곳에 살라는 거여." 입산한지 보름만의 일이었다. 그간 이렇다 할 관심과 일거리(?)를 주지 않아 마땅히 할 일이라곤 낙엽 쓰는 일이었는데, 막상 낙엽을 쓸다 보니 호박까지 눈에 들어왔고 자연스레 염불도 외우게 되었다.

그렇게 보름쯤 돼서 도량석을 하고 싶은데 좀처럼 목탁을 건네줄 기미가 없었다. 한 날은 목탁을 들고 스님의 목탁에 맞춰 뒤를 쫓으며 같이 쳤다. 때론 스님의 귓전에 가까이 대기도 하며…. 예상은 적중했다. 의중을 아셨던지 다음날 한번 해보라 하셨다. 설렘과 긴장감으로 겨우 도량석을 마쳤다.

지금 생각하면 '호박같은 짓'같아 실소(失笑)같지만 어쩌면 지금까지 오게 된 원동력이 아닐까 여겨진다.

이렇다 할 선근善根이 없다 생각하여 선인先人들이 지나온 자취를 밟아야겠다는 각오로 그동안 여러 처소를 전전해 왔

다. 아마도 조금은 모자란 듯 부족하다는 '호박 같은 생각'이
있었기에 가능했으리라 본다. 어찌 알겠는가. 어느 날 호박
이 넝쿨째 굴러 들어올 지.

걸망의 매력

<u>59</u>

운수납자 雲水衲子

왠지 어딘가 비어 있는 느낌이 들었다. 아침 예불禮佛을 막 마치고 큰방에 들어와서 느낀 감정이었다.

아니나 다를까, 동고동락하며 함께 수학하던 도반道伴이 일언반구一言半句도 없이 방을 비웠다. 수계受戒 후 얼마 되지 않아 처음 겪어 본 일이기에, 더구나 같은 방 똑같은 책상에서 수학하다 너무나 뜻밖에 헤어지게 되어 더욱 서운한 감정이 들었음은 그간 많은 정이 들어서였으리라.

불가佛家에서의 전례前例는 처음 방부 시에는 인사가 있어도 타방他方으로 떠날 때는 이른 새벽 모든 대중이 예불할 때 말없이 걸망을 진다고 한다. 그러한 작심作心을 하기까지 얼

마를 뒤척이며 얼마를 생각했을까? 막상 나서는 길엔 확실한 거처가 정해져 있는 것도 아닐 텐데, 그렇다고 막연히 짐을 챙긴 것은 더욱 아니겠고, 아무튼 한 번도 걸망을 져보지 못한 이로서는 동경심과 호기심이 생길 뿐이다.

무소의 뿔처럼 홀로 새벽 공기 마시며 산문山門을 나서는 심사深思, 그리고 해질녘 황혼을 접하며 산문을 들어서는 심정은 체험하지 않고는 형언할 수 없으리라. 분명한 것은 더 많은 발전을 위하여, 아니 나아가서는 성불成佛을 하기 위하여 운수납자雲水衲子 그대로, 걸망을 지고 떠나갔으리라.

요즈음 어린이 법회 관계로 부득이 일요일마다 걸망을 지고 산문을 나선다. 가는 도중엔 요즘에도 시주하러 다니는가 보다고 속삭이며 웃는 이들을 자주 목격한다. 반면 때때로 오던 걸음을 멈추고 정중히 합장合掌하는 불자佛子를 대할 때면 어느새 숙연해 진다. 왜소한 체구體軀에 거의 몸에 비례하리만큼 큰 걸망을 지고 가는 의미를 어느 정도 헤아려서 일까?

사실은 법회에 나온 어린이들에게 나누어 줄 간식인 사탕과 과자를 가득 넣었음인데. 해서 묵직한 걸망이 갑자기 가벼워지는 느낌이다. 그러다 보니 자신도 모르게 생소했던 걸망에 익숙해지고 매력(?)을 느끼게 된다. 그 매력은 곧 구도求道를 향한 길이라면 기꺼이 걸망을 진다는 의미이리라.

부디 걸망진 도반道伴은 물론 남은 이 모두의 전도前途에
구도求道의 열기가 더했으면 한다.